개구리가
우물을
기억하는 법

개구리가
우물을
기억하는 법

김리뷰 글
김인엽 그림

알에이치코리아

Hello, World.

CHAPTER 1

흙수저에서
도자기수저로

영화
취미의
탄생

영화는 원래
혼자 보는 것이다

리뷰라는 이름으로 이런 말을 하는 게 웃길지도 모르지만, 왜 돈을 주고 영화관에 가서 영화를 보는지 이해를 못했던 시절이 있었다. 꼭 영화관 스크린이 아니더라도 텔레비전이나 컴퓨터로 볼 수 있는 거 아닌가? 어차피 개봉하고 두세 달 있으면 영화 채널에서 알아서 틀어 주는데 왜 돈을 낭비하지? 당장 개봉한 것도 인터넷에서 잘만 찾으면 공짜로 다운받아 볼 수 있는데. 원래 사람은 자신이 경험해 보지 않은 것을 함부로 말한다. 겪어 보지 않은 사람을 쉽게 판단하거나 가 본 적도 없는 나라를 한마디로 정의 내린다든가 하는 거.

　내 경우에는 영화가 그랬다. 영화관에 가 본 적 자체가 거의 없었다. 고등학교를 졸업할 때까지 영화관에 간 것이 한 손에 꼽을 정도로 드문 일이었다. 그나마 두어 번 영화관에 갔던 것도 엄마나 할머니가 같이 가자고 한 것이었는데, 엄마와 함께 본 영화는 〈말아톤〉, 할머니와 함께 봤던 영화는 〈패션 오브 크라이스트〉였다 (할머니는 독실한 가톨릭 신자였다). 둘 다 무슨 영화였는지 기억도 안 난다. 〈말아톤〉에서 초원이를 연기한 배우가 조승우였다는 걸 나중에 알고 깜짝 놀라긴 했다.

직접 영화관에 가서 영화를 본 적도 없는 주제에 그때는 돈 주고 영화를 보는 사람들을 바보 취급했다. 정확히 말하면 영화관에 제 발로 가 본 적이 없었기 때문에 그렇게라도 생각했어야 했다. 나는 할 수 없는 일을 하지 않는 일로 취급하곤 했다. 알량한 자존감을 지키기 위한 발상이었는데, 그럴 수밖에 없지 않았나 하는 생각도 든다. 어쩔 수 없는 일을 있는 그대로 받아들이기란 쉽지 않다. 그게 사춘기의 청소년이라면 더더욱 그렇고.

기초 생활 수급자이면서 한 부모 가정이었던 우리 집에서는 결코 입 밖에 꺼내거나 대놓고 추구해서는 안 되는 것들이 몇 개 있었다. 그중 하나가 문화생활이었다. 문화생활은 삶에 필수적인 요소는 아니다. 산다는 것을 어느 정도 삶의 질을 유지하는 게 아니라 생존의 차원으로 본다면 그렇다. 일단 배가 부르고 등이 뜨뜻해야 뭘 보고 듣지 책이나 영화 따위를 소비할 여유는 거의 없었다. 그나마 허락된 건 집 근처 만화방에서 만화책을 몇 권 빌려 보는 것 정도였다. 다행히 엄마는 만화만큼은 좋아했다. 지금 생각해 보면 조금 어린애 같은 면이 있었던 것과 관계가 깊지 않았을까 싶다.

내게 문화생활이라고 말할 수 있는 것은 그저 텔레비전과 컴퓨터로 영위할 수 있는 범위에 한정되었다. 나는 어렸을 때부터 인터넷으로 뭔가를 해내는 것에 꽤 익숙했고, 영화도 원하기만 하면 언제든 다운로드받아 볼 수 있는 카테고리에 속했다. 하지만 컴퓨터로 보는 영화에는 다소 한계가 있었다. 불을 다 끄고, 스피커를 최적으로 맞추고, 모니터 각도를 적절하게 맞춘 다음 조금 떨어져서 다리를 쭉 뻗고 본다고 쳐도 미국 드라마 몇 편 다운받아 보는 것과 큰 차이가 없었다. 〈디 워〉를 보고난 뒤 그렇게 생각했다. 하필이면 그 영화였다.

영화가 대체 단편 드라마랑 뭐가 다른 거지? 단편 드라마를 그냥 영화라고 말한다면 매주 토요일 밤 하는 〈부부 클리닉 사랑과 전쟁〉도 영화라고 부를 수 있는 거 아닌가(당연히 아니다). 무엇보다도 가장 이해가 안 됐던 것은 〈해리 포터 시리즈〉나 〈캐리비안의 해적 시리즈〉처럼 여러 편으로 이루어진 영화였다. 편이 나누어진 영화를 왜 보는 거지? 드라마처럼 속편이 다음 주에 바로 나오는 것도 아니고, 심지어 소설이 원작이라면 그냥 소설을 보면 되는 거 아닌가(당연히 아니다). 그렇게 생각하던 시절이 있었다.

본격적으로 영화를 보기 시작했던 때는 상경한 후부터였다. 학교 생활은 거의 때려치우고 목공소나 편의점, 레스토랑 아르바이트를 전전하고 있었는데, 그때 내 인생을 달래 준 것이 인터넷에 취미 삼아 쓰던 글과 지친 몸으로 집에 돌아오는 길에 사온 편의점 도시락을 까먹으면서 보던 영화였다. 좁아터진 고시원 안에서 불을 몽땅 끄고 도시락을 먹으며 영화를 보고 있노라면 '내 인생도

꽤 개꿀 아닌가?'하는 착각이 들 정도였다.

알고 보니 영화는 나 같은 프롤레타리아에게 상당한 메리트가 있었다. 드라마처럼 꾸준히 다음 편을 볼 필요도 없고 시간에 맞춰 텔레비전 앞에 대기하고 있지 않아도 됐다. 원할 때 다운로드받아 (불법이다. 영화는 돈 주고 사서 보자.) 원하는 상황에 보면 됐다. 컴퓨터 성능이 워낙 구려서 고화질 영상은 조금 끊기기도 했고, 자막 싱크가 맞지 않아서 골치를 썩기도 했지만, 뭐 어떤가? 공짜인데 (원래 아니다). 세상은 나같이 없는 인간들을 위해 끊임없이 발전했고(아니라고) 토렌트와 웹하드가 좋은 영화를 양껏 공급해 주었다. 그때 봤던 영화들 중 가장 기억에 남았던 것은 두말할 것 없이 〈아이언 맨〉. 레스토랑에서 일곱 시간 동안 실컷 설거지만 하다가 집에 돌아와 세계 짱부자에 로봇 슈트 입고 히어로 놀이하는 토니 스타크를 보는 상황. 문득 스스로가 등신 같아서 혼자 끅끅거리며 웃었다. 그와 별개로 영화는 또 최고였고 디즈니가 부디 이 대목을 읽고 날 고소하지 않길 바랄 뿐이다.

상황은 조금 비참했지만 그때 그렇게 영화에 취미를 붙인 것은 꽤 잘한 일이었다. 만약 아직까지도 영화를 보는 것에 거부감을 가지고 있었다면 정말 사랑하는 취미가 없었을지도 모른다. 그전까지 나는 내가 영화를 그렇게 좋아하는 줄 몰랐다. 한 번은 지친 상태로 또 도시락을 먹으며 크리스토퍼 놀란 감독의 〈인셉션〉을 봤는데, 좁아터진 모니터로 보는데도 얼마나 긴장감이 대단하던지 영화가 끝나고도 도시락이 반 이상 남아 있었다. 허 참, 무슨 이런 영화가 다 있나 싶었다. 처음으로 영화를 영화관에서 보지 못했다는 것에 안타까움을 느꼈다. 150분짜리 동영상 하나에 감명 받아서 네이버 영화 카테고리에 A4 세 장 분량의 긴 리뷰를 쓴 것도 그때가 처음이었다. '인셉션은 존나 짱이고 내 인생 최고의 영화다.'라는 멍청한 이야기를 엄청나게 길게 늘인 그 리뷰는 일주일이 되도록 조회수가 10을 넘지 않았다.

그래도 여전히 영화관에 갈 엄두는 내지 못했다. 그러기에는 시간도 돈도 많지 않았고 무엇보다 그렇게 큰돈 주고 영화관에 갔는데 영화가 재미없으면 어떡하나 하는 속물적인 두려움도 한몫했다. 구더기가 무서워서 장 못 담근 꼴이다. 정작 혼자 보러 가는 것은 아무렇지 않았다. 영화는 원래 혼자 보는 거 아닌가? 경험에서 우러난 이 멘트는 나중에 리뷰어로서 유명해지는 데 크게 공헌을 한다.

그렇게 궁상맞게 살던 차에 페이스 북에 '미제 사건 갤러리'라는 페이지를 처음 개설해 구독자를 꽤 모았다. 구독자 수가 5만이 되든 10만이 되든 돌아오는 돈은 한 푼도 없었기 때문에 내 인생은 여전히 프롤레타리아 혁명이 필요했다. 하지만 열심히 글을 쓴 대가로 돌아온 것들이 아예 없지는 않았다. 페이지에 올리라는 글은 안올리고 궁상맞은 인생 이야기를 늘어놓는 뻘짓을 하곤 했는데, 그걸 보고 웬 자원봉사자 같은 사람들이 이거 먹고 힘내서 글

좀 쓰라면서 기프티콘을 선물한 것이다. 컵라면이나 비타민 음료수, 빵과 우유, 빅 사이즈 요구르트 등 먹는 게 주였는데 엄청나게 도움이 됐다. 일주일 동안 기프티콘으로만 생활하며 식비 한 푼 안 쓴 적도 있었으니까. 그런데 그 기프티콘 중 처치가 곤란한 것들도 더러 있었다. 대표적인 것이 영화 티켓이었다. 물론 선물 받은 것은 좋았지만 영화관에 가 본 적이 있어야 가지. 겁부터 났다. 상영관도 못 찾고 헤매면 어떡하지? 자리 잘못 찾아서 직원에게 쫓겨나면 어떡하지? 쓸데없는 걱정을 하면서 고시원에서 도보로 20분 떨어진 영화관에서 혼자 영화를 보게 되었다. 처음으로.

그때 영화관에서 본 영화가 어떤 영화였는지 정확히 기억이 나진 않는다. 다만 12시가 넘은 심야 영화였다는 것은 확실하다. 영화관 직원들은 세상 다 산 것처럼 피곤해 보였고, 상영관에는 나를 포함해 대여섯 명뿐이었다. 기분이 썩 나쁘지 않았다. 의자는 고시원의 철제 의자보다 훨씬 푹신하고 좋았고 스크린은 적당히 크고 밝아 모든 장면이 선명하게 보였다. 입체로 뿜어 나오는 사운드가 상영관 앞쪽에서 뒤쪽까지 선회하면서 귀에 몇 번이고 날아와 박혔다. 이 괜찮은 걸 이전에는 왜 싫어했지?

영화가 중반부에 이르렀을 때 앞 좌석에 발을 슬쩍 올려놓았다. 영화관에 처음 혼자 온 사람치고 지나치게 건방진 모습이었다. 영화가 끝난 후 뒷뒷좌석에 앉았던 어느 아주머니가 '사람이 없어도 앞자리에 발을 올리면 안돼요!'라고 속삭이고 제 갈 길을 갔다. 신기한 경험이었다. 이게 영화관 문화인가?

그렇게 한 번 영화관을 경험하니 두세 번째는 금방이었다. 세상 만사 뭐든지 처음이 어렵지 그 다음은 자기 하기 나름이다. 곧 통장 잔고가 간당간당하면 저금통을 털어 영화관에 가는 경지에 이르렀다. 영화표(겸 영수증)를 모으는 습관도 생겼다. 페이스 북에다 리뷰만 올리는 페이지를 만들면 재밌겠다고 생각했던 것도 아마 그때쯤이었다.

요즘은 일에 쫓기느라 영화를 자주 보진 못하지만 마감이 끝나면 하루 종일 영화만 본다. 날을 잡고 영화관에서 산 적도 많다. 학교를 다니지 않는 20대 자취생은 돈 쓸데가 그렇게 많지 않다. 월세랑 관리비 내고 먹을 거 좀 사놓고 생필품만 가득 채우면 나머지 돈은 다 가처분 소득인 셈이다. 매달 정해진 금액을 저금하긴 하는데 그래도 꽤 남는다. 어차피 집에서 일하니까 교통비도 안 들고 여러 사람 만나느라 돈이 한 번에 깨지는 일도 잘 없다. 나는 찌질이라 담배도 안 피우고 술 마시는 것도 그리 좋아하지 않는다. 그래서 남는 시간에 무작정 혼자 영화를 보는 일이 잦다. 좋은 취미 생활이다. 영화를 한 편 보면 리뷰할 거리도 생기고, 여러 가지 글감도 머리에 떠오르곤 하니까. 일석 삼사조다.

영화관도 많은 발전이 있었다. 3D ATMOS관(메가박스), IMAX 전용관(CGV) 같은 걸 보면 영상을 두어 시간 정도 틀어 주는 데 이렇게 다양한 변화를 줄 수 있다는 사실이 놀랍다. 우리나라 사람들은 전 세계적으로 영화를 무지막지하게 좋아하고, 시장 규모도 인구에 비해 상당히 크다. 영화 하나 개봉할 때마다 할리우드 스타들이 내한해서 김치 먹는 게 괜히 있는 일이 아니다. 미안해요, 휴 잭맨, 레오, 톰 행크스. 침대에 누워서 영화를 볼 수 있도록 만든 상영관도 나왔다. 직접 가 봤더니 아주 가끔 부르주아가 된 느낌을 받고 싶을 땐 나쁘지 않겠다 싶었다. 뭐 원래 그럴 때 쓰라고 만든 상영관 아니겠는가.

영화관까지 가기 귀찮을 때에는 집에서 보기도 한다. 물론 불법 다운로드는 아니고 정당하게 돈을 주고 대여한다. 인터넷 업체와 연계되어 있어서 영상이 끊기는 일이 없으며 화질도 죽이고 자막 싱크가 안 맞는 상황도 없다. 어떤 콘텐츠에 합당한 가치를 지불하고 소비했을 때 작품을 감상하고 평가할 자격이 있다는 것. 너무나 당연한 것을 깨달으면서 당연하지 않은 감정을 느낀다. 당연한 삶과 당연한 경험은 항상 당연하지 않게 다가온다.

요즘은 시리즈 영화를 찾아서 본다. 영화를 진짜 감상하는 취미가 생긴 게 불과 4, 5년 전의 일이라 그동안 살면서 알게 모르게 놓친 영화들이 너무나 많다. 그래서 마음이 더 조급하다. 〈반지의 제왕〉이나 〈헝거게임〉 같은 소설 원작 영화부터 〈배트맨 트릴로지〉, 〈마블 시네마틱 유니버스〉, 〈미션 임파서블〉, 〈매트릭스〉, 〈제이슨 본〉까지. 영화 본다는 사람들은 다 알 법한 〈레옹〉, 〈마이너리티 리

포트〉, 〈나비 효과〉, 〈디파티드〉 같은 명작들도 하나둘 클리어하고 있다. 특히 좋아하는 장르는 SF인데, 그 중에서도 우주를 무대로 한 영화를 가장 좋아한다. 그래서 〈콘택트〉나 〈그래비티〉, 〈인터스텔라〉, 최근에 나온 〈마션〉까지 빠짐없이 봤다. 특히 〈인터스텔라〉는 개봉 당시 세 번이나 봤다. 애니메이션도 좋아한다. 〈토이 스토리〉를 시작으로 〈라푼젤〉, 〈겨울왕국〉은 물론 최근의 〈인사이드 아웃〉이나 〈주토피아〉도 감명 깊게 봤다.

한편 한국에서 태어나 외국 땅은 거의 밟아 보지도 못한 김치맨이면서 한국적인 정서에는 그리 깊게 공감을 못하는 성향이 있다. 그래도 〈범죄와의 전쟁: 나쁜 놈들 전성시대〉나 〈공공의 적〉 같은 영화들은 흥미롭게 봤다.

최근에 봤던 한국 영화 중 가장 기억에 남는 영화는 〈동주〉다. 이 영화는 어떤 식으로 리뷰할지 도저히 생각이 안 나서 그냥 안 했다. 시간이 나면 꼭 보길 바란다. 글 쓰면서 한 번쯤 깊은 고민을 해 봤던 사람이라면 더더욱 볼 가치가 있다.

영화가 재미있는 이유는 하이라이트만 보여 주기 때문이다. 영화의 상영 시간은 평균 100분이지만, 영화에서 다루는 시간은 100분보다 훨씬 길다. 하루 혹은 수일이나 수년, 하물며 수십 년의 시간을 한두 시간에 하이라이트 없이 어떻게 녹여낼 수 있을까. 영화와 달리 삶은 하루 종일 하이라이트가 될 수 없다. 내 삶을 100분짜리 영화로 만든다면 지금 내가 글을 쓰고 있는 이 장면은 많이 넣어 봐야 2, 3분 정도일 것이다. 기껏 영화관에 갔더니 웬 멍청하게 생긴 애가 하루 종일 키보드만 두드리는 모습을 보고 싶진 않을 테니까.

그렇다고 영화에 나오지 않는 삶이 모두 가치 없는 것은 아니다. 나는 내 인생 최고의 순간이 아직 오지 않았으며, 지금 이 순간조차 끊임없이 최고의 하이라이트를 향해 흘러가고 있다고 믿는다. 그래서 지금, 스크린 뒤에서 숨죽여 글을 쓰는 이 시간이 전혀 외롭거나 지루하지 않다. 간절히 원하면 영화와 같은 인생을 살 수 있는가? 이 질문 앞에서 내 대답은 'No.'였다. 나는 글 쓰는 사람이 되어 글로 말하는 사람이 되었다. 내가 쓰는 이야기들이 영화는 되지 못하겠지만 적어도 책은 될 것이다.

거짓말

생계형
거짓말쟁이

내 처지가 부끄러울 땐
거짓말을 하면 된다

부끄러운 이야기지만, 나는 아주 어린 나이부터 상습적으로 거짓말을 해 왔다. 살면서 거짓말 한 번 안 해 본 사람이 어디 그렇게 많겠느냐 싶지만, 스스로 거짓말쟁이였음을 부정할 수 없을 정도로 거짓말을 많이 했다. 그러나 내가 했던 거짓말들을 주제로 글을 쓰는 것이 거짓말에 당당하거나 그 행동을 자랑스럽게 여기기 때문은 아니다. 그렇다고 일일이 용서를 구하거나 핑계를 댈 요량 역시 아니다. 굳이 따지자면 내가 나에게 추궁하는 책임이며, 나에게 나를 변호하는 과정이라 하겠다. 또는 왜 그런 거짓말들을 했었는지 글로 쓰며 되뇌고 싶은 심정일지도 모르겠다.

기억은 잘 나지 않지만 언젠가 봤던 다큐멘터리에서 어떤 학자는 어린 아이가 거짓말을 한다는 것이 똑똑하다는 증거라고 말했다. 불리한 상황을 어떻게든 모면하거나 유리한 쪽으로 변화시키려 하는 행동이기 때문이라고. 그때 '그렇다면 나는 대체 몇 년 만에 나오는 천재라는 말인가?' 라며 비아냥댔던 기억이 난다. 나는 대학 시절 학사 경고를 두 번 받았다.

솔직할 수 있다는 것은 일종의 특권이다. 사람들은 보통 말을 꺼내기 전에 본능적으로 계산을 한다. 이 말을 꺼냈을 때 득과 실 중 어느 부분이 더 큰가 하는 계산. 어떻게 매번 말할 때마다 그럴 수 있겠나 싶기도 하지만, 누구든 수없이 겪는 과정이다. 이런 계산적인 말들이 모두 잘못되었다고 이야기하는 것은 아니다.

따라서 사람들이 밖으로 뱉는 이야기란 문자 그대로 '할 만한 이야기'니까 하는 것이다. 예컨대 음주 운전했던 이야기를 어느 자리에서든 웃으며 이야기할 수 있는 또라이는 그리 많지 않을 것이다. 그런 행동은 명백히 범죄고, 본인의 이미지에 득보다 실이 많은 주제다. 구태여 적절한 때와 장소와 사람을 찾는다면 오랜 친구들과의 술자리에서 내가 얼마나 대단한 병신 짓을 했는지 무용담을 늘어놓으며 센 척을 하는… 그런 대화 흐름에서나 간신히 꺼낼 만할 것이다.

결국 '솔직할 수 있다'는 것은 '떳떳할 수 있다'는 의미이기도 하다. 태생적으로 유리한 상황에 있는 사람이라면 거짓말을 할 필요가 없다. 딱히 무언가를 숨길 필요도 없고 솔직하게 이야기해서 피해를 받는 상황도 아닌데 굳이 거짓말로 둘러댈 리가 없다. 거짓말이 취미인 이상한 사람이 아닌 경우에는 거의 그렇다. 반대로 불리한 상황에 처해 있는 사람이라면 비교적 거짓말을 할 유인이 많다. 뭔가 뒤가 구리고 부끄러운 사람이면 더 자주 거짓말을 하겠지…. 이런 발상은 그리 어렵지 않고, 어느 정도는 사실이다. 도둑이 제 발 저린다는 말도 있지 않은가? 훔친 물건이 있으니까 발이 저리겠지.

나는 물건을 훔치지 않아도 늘 발이 저렸고, 딱히 뒤가 구린 짓도 하지 않았는데 거의 매일 거짓말을 했다. 머리에 피도 안 마른 놈이 훔쳐 봤자 뭘 얼마나 훔치고 구린 짓을 해 봐야 뭐 얼마나 구리겠는가?

내가 계속 거짓말을 했던 이유는 내 행동이나 생각 때문이 아니라, 솔직해졌을 때 한없이 창피하고 초라해지는 나의 상황 때문이었다. 내가 거짓으로 대답해야 했던 질문은, '너는 어떻게 생각해?', '이거 네가 한 거야?' 같은 것보다 '너 어디 사니?', '너희 부모님은 무슨 일 하셔?', '넌 학원 어디 다녀?' 같은 질문이었다. 어린 나이의 나는 엄마와 단둘이 주공 임대 아파트에 살고 엄마는 일 없이 매일 집에서 쉬고 학원은 돈이 없어 가 본 적이 없다는 사실을 차마 솔직하게 이야기할 수 없었다.

가난이 부끄러운 일은 아니며 가난한 건 불편한 거지 창피한 게 아니라고 생각할 수도 있다. 물론 가난하고 어려운 가정환경이 내 잘못은 아니다. 나는 단지 태어난 잘못밖에 없다. 하지만 정말 사회가 가난한 것을 부끄럽지 않고 창피하지 않은 것으로 생각한다면 얼마나 좋았겠는가? 당사자에게 하는 말은 쉽고 간편하지만 잔인하다. 장애인에게 장애는 아무것도 아니라느니, 왕따에게 네가 먼저 다가가라느니 하는 말들.

사람들에게 내가 처한 환경을 솔직하게 이야기했을 때 돌아오는 반응은 딱 두 가지였다. 무시하거나 혹은 동정하거나. 이런 편협한 반응의 문제는 이야기를 꺼낸 시점부터 상대방과 동등한 소통이 불가능해지게 만든다는 점이다. 다섯 살 때 아버지가 돌아가셨다고 하면 그 이후로 내가 하는 모든 말은 다섯 살 때부터 아버지가 없는 사람이라는 프레임이 씌워진다. 저 새낀 아빠가 없어서 저래, 아버지에 대한 기억이 없어서 저렇게 말하는구나 같은 식이다. 썩 유쾌하지만은 않은 상황이다.

이런 상황을 계속 경험하면 피해 의식이 생긴다. 피해 의식에는 상대방은 생각도 않는데 지 혼자 지랄 발광 북 치고 장구친다는 뉘앙스가 숨겨져 있다. 하지만 피해 없이 생기는 피해 의식은 없다. 파블로프의 개는 뭐 종한테 괜한 피해 의식이 있나? 태어나면서 스스로에게 눈치를 주는 사람은 없다. 끊임없이 밖에서 눈치를 받으면 어느샌가 그 눈치를 내면화할 뿐이다. 사회적 약자에게 피해 의식이라는 단어는 폭력과 다름없다. 당연한 이야기다. 하지만 내가 어릴 적에는 그 누구도 이런 당연한 말을 내게 해 주지 않았다.

초등학교 저학년 때의 일이다. 나는 엄마와 함께 주거형 복지관에서 단둘이 살고 있었다. 보증금 때문에 월세방 하나 없이 떠돌아다니던 상황에서 주거형 복지관은 그리 나쁘지 않았다. 복지관에서는 매주 어디선가 남은 빵을 나눠주었고, 관내 행사 같은 걸 하면 떡볶이나 김밥 따위를 배불리 먹을 수도 있었다. 굳이 단점이 있다면 생활관이 엄청나게 좁아터졌다는 점이었다. 엄마와 나는 2인 모자가정으로 분류돼 가장 좁고 구석에 있는 생활관을 배정받았는데, 정확하게 생각나진 않지만 서너 평 정도 됐던 것으로 기억한다. 좁은 단칸방에 공중전화 부스 크기의 화장실 하나가 붙은 형태였다.

하여튼 복지관은 혼자 살기에는 몰라도 둘 이상 살기에는 적잖이 애로 사항이 있는 곳이었다. 그 시절 내가 열 살도 채 되지 않은 꼬맹이가 아니라 중고등학생이었다면 그 집에선 도저히 살 수 없었을 것이다. 그때의 내가 비쩍 마른데다 또래에 비해 체구도 작았기 때문에 가능한 일이었다.

지금도 궁금한 것은 왜 그 복지관에서 가장 좁은 방에 배정받았는지다. 엄마는 우리가 겨우 두 명이고, 모자 가정이라서 그렇다고 설명해 줬지만, 우리랑 똑같이 두 명인데다 모자가정인 아랫집은 우리가 사는 곳보다 두 배 넓은 방에서 지내고 있었다. 조심스럽게 추측하건대, 아마 보증금이나 관리비 지급 능력으로 차등 배정을 했던 것으로 보인다. 하다못해 복지관에서도 그런 얄팍한 수준의 빈부 격차가 있었다. 지금 와서 생각해 보면 놀라운 일이다.

하지만 복지관 생활이 엄청나게 불행하지는 않았다. 다행히도 나는 복지관이 뭐하는 곳이고 복지관에는 어떤 상황에 처한 사람들이 모여 사는지 알 만한 나이가 아니었다. 아니, 오히려 내 기분은 썩 괜찮았다. 최소한 엄마와 같이 밥을 굶지 않고 지내고 학교를 다닐 수 있게 되었으니까. 이렇게 보면 아무것도 모른다는 게 아주 나쁜 일만은 아니었다. 그때 자각할 수 있었던 불행은 딱 하나였다. 생활관에 자주 나왔던 손가락 한 마디만 한 바퀴벌레. 그건 조금 끔찍했다.

복지관에 자리를 잡은 지 얼마 지나지 않아 근처 초등학교에 입학했다. 복지관은 하천에 있는 다리를 건너 넓고 길게 뻗은 오르막길 옆에 붙어 있었다. 그 오르막길을 쭉 올라가면 미군 부대가 보이는데(그때 나는 그게 미군 부대인 줄 몰랐다. 소규모 놀이동산 비슷한 건 줄 알았음.) 거기서 왼쪽으로 꺾어 들어가면 초등학교가 있었다. 당시 내 걸음걸이로 30분 정도 걸렸으니 차로는 5분 정도의 거리였을 것이다. 나의 첫 초등학교 입학은 그랬다. 그 학교는 엄마와 함께 살던 복지관에서 가장 가까운 초등학교일 뿐이었다.

복지관에 산다는 사실이 본격적으로 문제가 됐던 건 바로 그 초등학교 입학 직후였다. 처음 학교에 간 날, 생애 첫 교과서를 받고, 40명 정도 되는 친구들 앞에서 자기소개를 하는 시간이 있었다. 자기소개라고 해 봤자 기껏해야 갓 초등학생들이 하는 것이다 보니 잠깐 일어나 친구들을 보면서 내가 어디 사는지, 가족이 몇 명인지 같은 것들을 말하고 다시 자리에 앉는 식이었다. 그런데 그

과정이 어마어마한 충격을 주었다. 그 발표의 표준이란 무슨무슨 아파트 몇백 몇 호에 살고, 아빠, 엄마, 동생, 애완동물과 함께 사는 것이었기 때문이다.

내 차례가 되었을 때, 문득 좁아터진 복지관에서 엄마와 단 둘이 산다는 것이 부끄럽게 느껴졌다. 그래서 앞에서 수차례 나왔던 무슨무슨 아파트에서 엄마, 아빠, 할머니와 함께 산다고 처음으로 거짓말을 했다. 당시 할머니는 따로 살고 있었고 아빠는 다섯 살 때 돌아가신 상태였다. 그때 학생 기록부와 내 얼굴을 몇 번이고 번갈아 보던 담임선생님의 얼굴이 기억난다. 나는 자기소개 시간이 끝난 후 바로 담임선생님에게 불려 갔다. 다행히 선생님은 어째서 거짓말을 했느냐고 묻거나 혼내지는 않았다. 단지 나의 초라한 차림을 빤히 쳐다보더니 다음부터는 솔직하게 말하렴 하곤 돌려보내 줄 뿐이었다. 안타깝게도 그 선생님의 말을 제대로 듣기까지는 정말 오랜 시간이 걸렸다.

며칠 전 내향성 발톱 때문에 집 근처 병원을 찾았다. 발톱 안에 시뻘건 피멍 같은 게 생기더니 발톱이 살 안쪽으로 파고들어 통증이 심해진 까닭이었다. 계속 집에 앉아서 타자나 치다 보니 좀이 쑤셔 농구를 너무 자주해서 그런 모양이다.

하여튼 처음 가 보는 병원이라 이름과 주민등록번호, 집 주소와 전화번호 따위를 서류에 적어 간호사에게 주었다. 간호사는 종이를 받아 들어 조금 보더니, 곧 병원 바로 뒤에 있는 큰 오피스텔에 사냐고 물었다. 굳이 거짓말할 필요가 없어 그렇다고 대답했다. 그러자 조금 격앙된 목소리로 '와, 거기 정말 좋아 보이던데…'하며 혼자 사는지, 보증금이나 관리비는 얼마인지 물었다. 기분이 썩 나쁘지 않아 꼬박꼬박 대답해 주었다.

하지만 정작 파고든 발톱을 뽑을 땐 심각하게 아팠다. 왜 그렇게 아팠는지 모르겠다. 발톱을 뽑는 것보다도 뽑기 전의 마취 주사가 아팠고, 그 뒤에 피를 철철 흘리며 뽑혀 있는 내 새끼발톱을 보는 게 더 아팠다.

이 책의 기획안을 전달하기 위해 출판사를 찾았을 때 나는 편집자에게 '휴거'라는 단어를 처음 들었다. 휴거라고 하면 당연히 그거 아닌가? 십몇 년 전에 다미 선교회인가 뭔가 하는 사이비 종교 집단이 말하던 그거… 인 줄 알았는데, 아니었다. '휴먼시아 거지'를 두 글자로 줄여서 휴거라고 한다고. 휴먼시아는 또 뭔가 했더니 주택 공사LH에서 지은 아파트의 브랜드명이었다. 소위 말하는 주공 아파트. 그러니까 '휴거'라는 건 고가 브랜드 아파트에 거주하는 아이들이 주공 아파트에 사는 애들을 놀리기 위해 만든 단어라는 것이었다.

이 단어를 듣고 가장 먼저 떠오른 생각은 어감이 정말 죽인다는 거였다. 하여튼 누군가를 놀려먹는 단어란 항상 어감이 입에 쩍쩍 달라붙는 법이다. 내가 만약 휴거라는 단어로 놀림을 받았다면 정말 상대방을 반쯤 죽여 놓고 싶었을 것이다. 어감도 그렇고, 실제로 주공 아파트에 살았기 때문이다. 정확히 말하면 주공 임대 아파트였다. 나라에서 저렴하게 만들어 놓은 아파트를 할부로도 살 능력이 없어서 임대로 10년가량 살았다. 그나마 다행인 것은 내가 거기 살 땐 그런 단어가 없었다는 점이었다. 고작 이런 것으로 다행스럽게 느끼는 스스로가 우습게 느껴지기도 했다.

'솔직한 인간'과 '속 편한 인간'은 발음뿐만 아니라 뜻도 거의 비슷하다. 요즘의 나는 정말이지 솔직한 인간이 됐다. 누군가 집 주소를 물어보아도 별 고민 없이 대답하며 어떻게, 뭘 하고 사냐는 질문에도 자연스럽게 답변할 수 있다. 심지어 과거에 겪었던 고통과 어려움 같은 것들도 어렵사리 이 책에서나마 이야기할 수 있다. 그건 과거의 나이지, 지금의 내가 아니기 때문이다. 모순적이긴 하지만 사실이다. 내가 겪은 사람의 심리라는 것은 일관성과는 거리가 멀다.

사람들은 김리뷰라는 이름을 가진 내게 어떻게 그렇게 솔직하게 이야기할 수 있는지 물었다. 나 역시 궁금하다. 나는 원래 거짓말쟁이인데, 내 인생은 원래 거짓투성이인데, 어째서 가상의 공간 속 나는 이토록 솔직할 수 있었을까? 태생적인 거짓말쟁이 주제에 온라인에서나마 솔직한 사람이 되고 싶었던 것일까? 어느 쪽이 진짜 내 모습인지 잘 모르겠다. 확실하게 말할 수 있는 것은 단지 느낌뿐이다. 나는 지금의 솔직한 내 모습이 훨씬, 훨씬 편안하다. 그럼에도 '휴거'라는 단어가 존재하는 사회는 불편하다. 지금도 어딘가의 잠재적인 김리뷰는 자해를 하거나 연신 혀를 깨물고 있을지 모르는 일이므로. 그 시절의 나처럼 말이다.

운동화
새 신발과
가짜 자존감

비 오는 날에는 흰 신발을 신으면 안 된다

남자 고등학교의 점심시간이 늘 그렇기는 하지만, 그날따라 우리 교실은 유난히 더 시끄러웠다. 운동장에서 캐치볼을 하다 돌아왔는데, 모인 아이들 사이로 유난히 파란색을 띠며 눈에 밟히는 게 있었다. 신발이었다. 반에서 일진으로 분류되는 놈 하나가 새로 산 신발을 신고 폼을 잡고 있었던 것이다. 그깟 신발이 뭐가 대수라고 생각하며 지나치려 했지만 자세히 보니 그 신발은 정말 시대착오적으로 멋졌다. 신발이 저렇게 간지로 생길 수도 있나? 감탄과 동시에 든 생각은 가격에 대한 두려움이었다. 당연히 졸라 비싼 신발이겠지? 부럽다. 나중에 안 사실이지만 그 신발은 국내에 제대로 출시조차 되지 않았던 나이키 루나 시리즈 초기 모델이었다.

당시 내가 학교에 신고 다니던 신발은 집 근처 재래시장에서 엄마가 1만 5000원 주고 사온 보세 운동화였다. 말이 운동화지 딱히 운동에 최적화된 신발은 아니었고, 맨발로 다니는 것보다는 낫다는 사실에 위안을 얻을 수 있는 수준이었다. 그때까지 신발에 큰 관심을 두지 않았다. 관심을 가진다고 해서 얻을 수 있는 것도 아니었다.

　신발 싫어하는 사람이 어디 있나? 새 신을 신고 뛰어 보자 폴짝 같은 동요도 있을 만큼 마음에 드는 새 신발을 신었을 때 기쁨이란 감히 다른 경험으로 대체할 수 없다. 그러나 고등학생이 될 때까지 새 신발을 사 신은 경험은 양손에 꼽을 정도였다. 신발에 관심이 없어서가 아니라 그냥 돈이 없었다. 새 신발을 살 돈은 더욱 없었다.

　새 신발은 어떻게 보면 경제적 여유를 의미한다. 신발의 특성상 집에 신을 수 있는 신발이 한 켤레도 없어서 어쩔 수 없이 신발을 사는 사람은 많지 않다. 새 신발로 신발의 선택지를 하나 늘릴 용도가 일반적이다. 예컨대 싱글 코어 컴퓨터를 듀얼 코어로 바꾸는 느낌과 비슷하다고 할까? 엄마의 논리는 싱글 코어로도 컴퓨터는 켜지는데 왜 듀얼 코어가 필요하냐는 식이었고 늘 맨발로 다니지 않는 것에 감사하라는 핀잔을 줬다. 맞는 말이었다. 당장 새 신발이 없어도 굶어 죽거나 집에서 쫓겨나거나 전기가 끊기지는 않는다. 내가 새 신발을 사야 하는 이유는 식비와 아파트 관리비 그리고 각종 공과금에 비해 너무 사소했다.

　사실 우리 집 신발장에는 내 신발이 여러 켤레 있었다. 그러나 그중 실제로 신을 수 있었던 것은 두어 켤레 정도였다. 나머지는 어렸을 때 산 신발이라 사이즈가 턱없이 작거나 이미 밑창이 몽땅 떨어져 신을 수 없었다. 진작 쓰레기장으로 갔어야 할 이 신발들이 신발장에 계속 보관된 목적은 하나였다. 새 신발을 살 수 없는 이유. 엄마는 내가 새 신발이 갖고 싶다고 할 때마다 '있는 것들이나 제대로 신어라! 새로 사줘 봤자 잘 신지도 않는 게⋯.'하고 쏘아붙였다. 지금 신발이 사이즈가 맞지 않고 기능을 제대로 하지 못한다는 말은 전혀 통하지 않았다. 디자인이 너무 뒤떨어져서 신고 다니기 부끄럽다는 문제는 입 밖으로 꺼내지도 않았다. 엄마는 내가 심미적인 가치를 추구할 때마다 겉멋만 잔뜩 든 놈이라 말했다. 엄마는 내가 얼마나 그 말을 싫어하는지 아주 잘 알고 있었다.

실질적으로 신는 신발은 두 켤레였는데, 일주일마다 돌아가며 신었다. 걷고 달리고 담을 넘고 공을 던지고 받고 차고 언덕을 오르내리는 걸 전부 같은 운동화를 신고 했다. 그러다 보니 아무리 질기고 고무 냄새가 심한 신발이어도 금방 코가 헐거나 밑창이 떨어지곤 했는데, 이에 대해 엄마는 아무리 좋은 운동화를 사줘도 금방 못쓰게 되니 그냥 시장 운동화나 신고 다니라고 했다. 억울했다. 물론 신발을 너무 막 신은 것도 원인이 될 수 있겠지만 근본적으로 저렴한 운동화라 마감이 허접했다는 건 왜 생각을 못하는지. 못한 건지, 일부러 안 하는 건지.

비 오는 날 학교에 가는 것이 싫었다. 누군들 비 오는 날에 밖에 나가는 일이 유쾌하겠느냐만 신발 때문에 더욱 싫었다. 방수 기능이라곤 기대조차 할 수 없는 시장 운동화. 그나마도 정상적인 상태가 아닌 걸 신고 밖에 나가니 금방 신발에 물이 차올랐다. 젖은 양

말이 발바닥에 끈적거리면서 달라붙고 안에는 물이 그대로 고여 걸을 때마다 기포 소리가 고로록 났다. 방수는커녕 물을 흡수하는 기능이 탑재된 느낌. 그 상태로 우산을 들고 학교까지 걸어가는 것조차 힘들어서 차라리 맨발이 나을 수도 있겠다는 생각마저 들었다.

물에 한 번 젖었던 신발의 냄새는 장난이 아니다. 신발이 한 번 통째로 다 젖으면 하루 내내 말려도 완전히 마르지 않는데다 신고 다닐 수 있는 게 두 켤레 뿐이니 세탁을 하더라도 문제였다. 내일도 또 비가 와서 신발이 젖으면 대체 뭘 신고 가야 하나? 실제로 신발이 둘 다 젖어서 학교에 못 갈 뻔한 적도 있었다. 헤어 드라이기로 두 시간 내내 말린 덕분에 겨우 등교하기는 했지만 냄새는 어찌할 방도가 없었다. 같은 반 애들은 내 근처에만 오면 쓰레기 썩는 냄새가 난다고 말했다. 기분이 좋았을 리는 없다.

자존심이 상했던 나는 날을 잡아 엄마에게 새 신발을 사 달라는 이야기를 두 시간 동안 풀어서 했다. 내가 겪었던 경험과 감정들을 토대로 모성애를 자극하는 감성적 화법으로 신발이 필요한 논리적인 이유를 제시하자 새 신발을 사주겠다는 확답을 받을 수 있었다. 인터넷으로 원하는 신발을 직접 주문하겠다고 하니 엄마는 3만 원의 예산을 줄 테니 알아서 하라고 했다.

3만 원. 물론 적은 돈은 아니지만 그렇다고 많은 돈도 아니었다. 제대로 된 신발 한 켤레 사기에는 턱없이 부족한 금액이었다. 나는 군말 없이 엄마가 준 예산 안에서 신발을 고르기로 했다. 그 3만 원조차 엄마 입장에서는 큰맘 먹고 준 금액인 게 분명했다. 내가 고른 신발은 무명 브랜드에서 만든 흰색 캐주얼화였다. 바보 같은 선택이었다. 허구한 날 흙바닥을 뛰어다니느라 밑창이 해어지고, 비 오는 날 물이 차는 게 싫어서 새로 신발을 사 달라 했던 건데 가만히 놔둬도 때가 타는 흰색 캐주얼화라니. 견물생심이라는 말이 딱 적당했다. 하지만 막상 돈을 쥐고 나니 실용성보다는 친구들한테 자랑할 수 있는 그런 신발이 갖고 싶었다. 신발을 스스로 고른 것도 사실 처음이었다. 엄마는 신발을 보고 아무런 말도 하지 않았다. 그저 잘 신고 댕기라는 말을 하고 방에 들어가 평소처럼 담배를 태울 뿐이었다.

다음 날 잠에서 깨니 비가 조금 내렸다. 날은 흐렸지만 이 정도 비는 괜찮겠다고 생각해 새 신발을 신고 학교로 향했다. 불편했다. 사이즈를 잘못 골랐던 걸까? 평생 운동화만 신다가 처음으로 활동용이 아닌 신발을 신었으니까 어색했던 것일지도 모른다. 그러나 단비 같은 새 신발이었다. 기분이 붕 뜬 상태로 신발만 보면서 걸었다. 그런데 잠깐 한눈을 판 사이 새 신발에 검은색 얼룩이 몇 개 생겼다. 아무리 비가 적게 온다고 한들 땅에 고이는 빗물은 피할 수 없었다. 하필이면 온통 하얀색인 신발이어서 얼룩이 매우 선명하게 보였다.

그 자리에 그대로 서서 신발에 묻은 얼룩을 손으로 문대 없애 보려고 했다. 얼룩이 지워지기는커녕 더 넓게 퍼졌다. 현기증이 났다. 어떻게 산 새 신발인데. 학교 가는 길 중간에 있는 건물 계단에 앉아 어떻게든 얼룩을 지워 보려 안간힘을 썼다. 교복 바지 끝부분으로 문대고, 가방 안에 있던 휴지(비염이 있어서 항상 들고 다녔음.)에 침을 뱉어 비벼 보기까지 했지만 택도 없었다. 아침만 해도 흰색이었던 새 신발은 밖에 나온 지 고작 몇 분 만에 흰색인 척하는 헌 신발이 되어 버렸다.

집에 돌아가기에는 시간이 너무 늦어, 어쩔 수 없이 신발에 때가 잔뜩 낀 상태로 발걸음을 옮겼다. 등굣길에 보이는 모든 아이들이 내 신발을 보고 속으로 쿡쿡 웃고 있는 것만 같은 기분에 휩싸였다. 당연히 그 기분은 상상이었지만, 학교에 도착해서는 더 이상 상상이 아니게 되었다. 남 놀리기 좋아하는 애 하나가 내 신발을 보자마자 큰 소리로 놀려댔기 때문이다. 와ㅋㅋㅋ 애 신발 봐라! 존나 병신 같아! 얼마나 큰 소리로 놀렸는지 소리를 들은 옆 반 아이들까지 와서 무슨 일이냐고 물어볼 정도였다. 수십 명이 웅성거리는 교실 안에서 난 홀로 얼룩진 채로 있었다.

그날 집으로 돌아가자마자 이불을 뒤집어쓰고 죽은 듯이 있었다. 울지는 않았다. 창피하고 부끄러운 일이었을 뿐, 슬픈 일은 아니었다. 울지 않으려고 안간힘을 썼다. 다시는 그때 산 신발을 신지 않았다. 엄마는 새로 산 신발을 왜 신고 다니지 않는지 물었다. 발이 너무 아파서라고 대답했다. 거짓말이었다. 하지만 엄마는 거

듭해서 묻지 않았다. 그 신발은 한 1년쯤 신발장에서 썩다가 작거나 다 떨어진 다른 신발들과 함께 버려졌다.

여름 방학, 스스로 새 신발을 사기 위해(어차피 다시 사 달라고 해 봤자 소용이 없을 것이므로) 용돈을 조금씩 쪼개 저금통에 모았다. 방학이 끝나기 직전 확인해 보니 총 3만 원 정도였다. 여기서 돈을 더 모을지 아니면 새로운 신발을 살지 고민했다. 3만 원으로는 부족하다는 걸 알고 있었다. 그러나 나는 이미 새 학기를 새 신발과 함께 시작하고 싶다는 욕망에 사로잡혀 있었다.

이전에 같은 반 아이가 신고 있었던 나이키 신발을 떠올렸다. 어쩐지 맨 처음에 학교에 신고 온 다음 날부터는 한 번도 신고 오지 않았다. 아마 도둑맞을까 봐 일부러 신지 않는 것 같았다. 뭐 한 번 학교에 신고 와서 자랑은 할 만큼 했고, 아껴서 신는 게 납득이 될 정도로 간지가 쩌는 신발이었다. 하여튼 나는 나이키 신발이 갖고 싶었다.

전 세계 셀 수 없이 많은 브랜드 중 나이키만큼 유명한 브랜드는 찾기 힘들다. 코카콜라와 함께 미국을 상징하는 초거대 브랜드. 널리 알려진 만큼 수많은 사람들에게 사랑받고 소비되는 브랜드. 반 친구들 대부분은 나이키 로고가 새겨진 신발을 하나씩 갖고 있었다. 물론 나만 빼고. 우리 집에는 나이키 로고가 붙은 옷이나 신발이 단 하나도 없었다. 나이키는 분명 전 세계적으로 대중적인 브랜드지만, 내가 사는 세계에서 나이키는 그저 꿈의 브랜드였다. 반 팔 티셔츠 한 벌에 최소 2만 원 하는 게 무슨 대중적인 브랜드냐? 미친놈들.

당시 나이키에 묘한 반감을 갖고 있었던 이유는 단지 가질 수 없는 브랜드였기 때문이었다. 한편 아디다스의 보급형 라인은 나 이키에 비해 상대적으로 저렴했고, 그 덕분에 나 같은 흙수저도 삼 선이 그려진 반바지 한 벌과 세일할 때 샀던 가장 단순한 아디다 스 운동화를 하나 갖고 있었다. 그런데 나이키는 도저히 엄두를 내 기 힘든 브랜드였다. 세일은 잘 하지도 않고, 가격이 떨어져도 어느 선 아래로는 낮아지지 않았다. 분명 나이키는 대중적인 브랜드일 텐데. 그래서 나이키를 살 수 있는지 없는지가 평범한 수준의 삶을 정의할 수 있는 기준이 될 수 있을 거라고 생각했다. 나이키 신발 을 신은 사람들을 볼 때마다 저 사람은 평범한 대중이구나 하고 부러워했다. 신발보다도 나이키 마크가 가진 상징적 의미가 갖고 싶었던 건지도 모른다.

고작 3만 원으로 뭘 할 수 있을까? 그 돈으로 살 수 있는 건 고 작해야 나이키 로고가 새겨진 손목 보호대 정도다. 신발, 그것도 새 학기에 신고 자랑할 만큼 멋진 신발을 사기에는 택도 없는 금 액이다. 플래그십은커녕 보급형 신발도 못 산다. 그런데 인터넷에 는 정말 별의별 일이 다 일어났다.

인터넷 쇼핑몰의 스크롤을 내리던 나는 말도 안 되는 상품을 발견했다. 나이키 포스 미드가 2만 2000원! 반값도 아니고 반의 반값도 안 되는 수준이었다. 놀랍게도 품절도 아니었고 사이즈도 많이 남아 있었으며, 색도 완벽했다. 검은색 바탕에 로고는 금색. 첫 나이키 신발로 이보다 완벽한 걸 찾을 수 없다고 생각했다. 누군가 나보다 먼저 주문하지는 않을까 하는 생각에 더 자세히 보지도 않고 냉큼 주문해 버렸다. 아, 행복해.

그렇게 신발이 도착했다. 침을 꿀꺽 삼키고 상자를 열었다. 나이키 운동화는 사진보다 실물이 훨씬 멋졌다. 개학 직전 친구와 만날 일이 생겼고, 마침내 처음으로 나이키를 신고 밖으로 나갔다. 가뿐했다. 생각보다 발이 엄청 편하지는 않았지만 원래 그렇게 신는 신발이겠거니 했다.

그런데 문제가 있었다. 포스 미드는 발목mid까지 올라오는데 병신같이 짧은 발목 양말을 신은 것이다. 곁에서 보면 그냥 맨발로 신발을 신은 것 같은 괴상한 모양새였다. 게다가 신발의 발목 부분 마감이 이상하리만큼 까칠해서 걸을 때마다 복숭아뼈 위쪽이 엄청나게 따가웠다. 한 20분쯤 더 걷다 보니 발목 윗부분 살갗이 다 벗겨질 것 같았다. 나이키는 원래 이런 건가? 포스 미드가 원래 이런 건가? 혼란스러웠다. 전 세계 사람들은 이렇게 따가운 신발을 너 나 할 것 없이 좋다고 신고 다니는 것이었나?

내가 산 신발이 정품이 아닌 가품이라는 걸 알게 된 건 그로부

터 약 일주일 후였다. 신잘알('신발 잘 알고 있는 놈'의 준말)이었던 한 친구가 내 신발을 보더니 '이거 어디서 샀냐? 이미테이션 티 엄청 나는데?'라고 물어본 것이다. 나는 나이키 로고의 모양이 그렇게 다양한 줄 몰랐고, 로고 끝이 살짝 꺾인 것과 바느질 마감 상태를 보고 짝퉁을 감별한다는 것도 놀라웠다. 인터넷 쇼핑몰에서 'OEM 상품'이라는 말이 가품을 그럴 듯하게 포장한 단어라는 것도 그때 알았다. 엄청 충격을 먹거나 하진 않았다. 다른 곳에 비해 지나치게 저렴한 가격이 조금 이상하긴 했다.

가품이라는 걸 알고 난 후에는 그 신발을 신지 않았다. 몇 번 억지로 신고 나가긴 했는데, 이전과 같은 기분으로 신고 다니는 건 불가능했다. 신발은 바뀌지 않았다. 내 생각이 바뀌었을 뿐이다. 그게 날 더 슬프게 만들었다.

신발장 앞에서 낡은 검은색 나이키 신발 하나를 들고 이리저리 돌려 본다. 이 신발은 정품이다. 강남에 있는 나이키 매장에서 직접 샀다. 나는 서울에 올라와 아르바이트 월급으로 이 루나 글라이드 6를 처음으로 샀다.

이 신발은 내게 꽤 의미가 깊다. 지금은 신지 않지만 인생에서 최초로 10만 원이 넘는 신발이고 최초의 '진짜' 나이키 신발이기도 했다. 이걸 어림잡아 3년은 넘게 신었다. 하루 종일 신어도 발이 아프지 않은 진짜 나이키 신발. 처음으로 루나 글라이드를 신었을 때의 느낌을 아직 기억한다. 구름 위를 밟는 기분까지는 아니었지만 틀림없이 행복했다.

지금 내 신발장에는 더 괜찮은 신발들이 많다. 나이키를 좋아해서 나이키 신발을 많이 샀다. 요즘 자주 신고 다니는 신발은 루나 플라이니트 3다. 나이키의 상징이 된 루나 폼에 니트 소재를 접목시킨 제품이다. 디자인도 군더더기 없이 깔끔하고 신고 벗기가 편해서 업무 미팅이 있을 때에도 자주 신고 간다. 그 외에도 편하게 신는 챌린저나 플라이니트 맥스도 멋진 신발이다.

예전과 가장 큰 차이는 용도에 따라 신발의 종류를 구분한다는 점이다. 야구할 때는 야구화를 신고, 농구할 때는 농구화를 신는다. 헬스장에서는 짐 전용 프리 5.0을 신고 운동한다. 어쩌다 보니 이것들도 다 나이키로 샀다. 특수 용도로 사용되는 신발들은 일반적인 러닝화보다 디자인이 훨씬 화려하다. 그래서인지 농구화 같은 경우에는 패션으로 신고 다니는 사람도 많다. 개인적으로는 농구화를 신었으면 농구를 해야 한다는 주의이지만, 무슨 상관인가? 지가 사서 지가 신고 싶을 때 신는다는데.

특히 농구화는 디자인도 디자인이지만 모델마다 기능적으로 내세우는 특징이 다 달라서 수집욕을 자극한다. 나는 가장 유명한 조던, 코비, 카이리의 시그니처 슈즈를 갖고 있다. 개인적으로 가장 좋아하는 건 코비. 은퇴 시즌에 나온 XI 한정판 모델이라 더욱 애착이 간다. 20만 원이 넘었지만 구매할 때 돈이 아깝다는 생각은 들지 않았다. 어차피 은퇴 시즌의 한정판이면 가치가 계속 오를 테니까. 물론 오르더라도 한사코 팔 생각은 없다. 나는 농구화를 신고 농구하는 편이 좋다. 코비를 신는다고 딱히 코비처럼 농구를 잘하게 되는 효과는 없는 것 같지만 멋있으면 그만이다. 다 자기만족이다, 자기만족.

컴퓨터
정보의 바다에서
난파선을 타고

게임이 안 되면
더 좋은 컴퓨터를 사면 된다.

얼마 전 컴퓨터를 바꿨다. 원래 컴퓨터에서 CPU나 RAM 정도만 업그레이드하려고 했는데 기존 컴퓨터의 프레임이 작아 확장성이 너무 떨어졌다. 그래서 케이스와 메인보드부터 시작해 하나둘 다 바꾸다 보니 아예 새로 산 셈이 되었다.

나는 컴퓨터의 눈부신 발전을 목도하며 성장한 세대다. 초등학교에 들어가기 이전에는 DOS 컴퓨터가 일반적이었는데, 당시 살던 복지관에는 자그마한 컴퓨터실이 마련되어 있었다. 정부 지원으로 만들어진 것은 아니었고 복지관을 후원하는 재단이 꾸린 것이었다. 지금 생각하면 그렇게 일찍 컴퓨터를 접한 것은 조금 운이 따랐던 일이다.

미취학 아동에게 무엇인들 신기하지 않겠느냐만 컴퓨터는 그중에서도 궤가 달랐다. DOS 환경에서 딱 하나 할 줄 아는 것이 바로 게임이었다. 뜻도 모르는 영어 단어와 특수문자들의 배열을 몽땅 외워서 게임 하나를 가까스로 켰다. 작은 미니카 같은 것을 좌우로 조작해 스테이지 끝까지 죽지 않고 살아남는 〈스카이〉라는 게임이었다. 이제 보면 정말 별것 아닌 게임인데 몇 시간이고 잘만 했다. 나중에는 복지관 전기세가 많이 나온다며 복지관 관장에게 타박을 들어먹긴 했지만. 그게 나오면 얼마 나온다고.

초등학교에 입학한 후 복지관 컴퓨터에는 일괄적으로 윈도우 98이 설치됐다. 신세계였다. 온통 까만 화면에 잘 알지도 못하는 영어 문자들이 나열되어 있는 도스에서 알아보기 쉬운 아이콘과 넓은 바탕 화면, 커서를 조작할 수 있는 마우스까지 생겼으니까. 당연히 마우스는 광마우스가 아니라 아래쪽에 고무공이 달린 볼마우스였다. 바야흐로 윈도우즈 시대가 온 시점이었다.

어차피 내가 할 줄 알았던 것은 게임뿐이었지만 최소한 그 게임의 종류가 다양해지고 실행 과정이 이전과 비교가 되지 않을 정도로 단순해졌다는 것이 가장 놀라웠다. 나는 〈라이덴〉 같은 고품격 비행기 게임을 단순히 아이콘을 더블클릭하는 것으로 실행할 수 있다는 사실에 경악을 금치 못했다. 마이크로소프트, 무서운 회사!

사실 그때까지만 해도 사람들에게 PC, 그러니까 퍼스널 컴퓨터라는 개념이 일반적인 시기가 아니었다. 컴퓨터는 학교나 관공서 같은 공공 기관에서 동네 사람들이나 몇몇 세대가 공동으로 사용하는 공공재 같은 개념이었다. 워낙 컴퓨터가 비싸고 컴퓨터로 뭘 할 줄 아는 사람도 그렇게 많지 않았으니까. 엄마 역시 컴퓨터를 '덩치 큰 게임기' 정도로 인식했고, 나도 별반 다르지 않았다. 게임 말고는 뭐, 기껏해야 워드 작업이나 할 수 있었다.

그런데 어느 날 갑자기 컴퓨터실에 전화선이 몇 개 들어오더니, 인터넷이라는 게 되기 시작했다. 인터넷이라니! 세상의 모든 거대한 변화가 복지관 컴퓨터실에서 이루어지는 셈이었다. 일개 복지 시설 주제에 얼마나 시대의 흐름을 잘 파악했는지, 이 글을 쓰면서도 새삼 놀라울 지경이다. 물론 세상의 흐름보다 느렸으면 느렸지 빠르지는 않았지만 그래도 있다는 것이 어디인가? 나는 인터넷이 되기 시작한 컴퓨터실에서 〈바람의 나라〉, 〈크레이지 아케이드〉, 〈스타크래프트〉 같은 게임을 했다.

그런데 문제가 하나 있었다. 내가 하는 게임은 점점 다양해지고 발전하는데 복지관 컴퓨터실에 있는 컴퓨터 사양은 그리 좋지 않았다. 컴퓨터는 다 거기서 거기인 줄 알았는데 컴퓨터 역시 계급사회였다. 비싼 컴퓨터일수록 더 많은 게임을 잘 돌릴 수 있다. 이 문제는 본격적으로 〈스타크래프트〉를 접하면서 불거지기 시작했고, 〈디아블로 2〉가 출시된 이후에는 복지관 컴퓨터를 아예 쓰지 않게 되었다.

대체재로 선택한 것은 복지관 근처에 생긴 PC방이었다. 마침 〈스타크래프트〉와 〈디아블로 시리즈〉의 영향으로, 우후죽순처럼 PC방이 생겨나던 시기였다. PC방 이름은 '블리자드'였는데, 스타크래프트와 디아블로 시리즈를 만든 회사 블리자드Blizzard에서 따온 것이었다. 어차피 그 시절 PC방에 가면 대부분 블리자드 게임밖에 안 했으니 적절하다면 적절한 이름이었다.

지금은 웬만하면 PC방을 가지 않지만, 나는 PC방 문화에서 거의 1세대에 가깝다. 내가 처음 PC방에 가던 시절의 PC방 이용료는 한 시간에 400원이었다. 무슨 쫀드기 값도 아니고, 과연 그게 가능한가 싶지만 사실이다. PC방 카운터에선 바짝 말려서 과자처럼 된 쥐포를 하나에 100원에 팔았는데, 맛은 있었지만 진짜 쥐포와는 거리가 멀었다. 당연히 생선은 아닐 거고, 분명 몸에 존나 나쁜 무언가였겠지.

어쨌든 복지관 컴퓨터실보다 PC방은 게임하기 훨씬 좋았지만 부작용이 있었다. PC방을 너무 자주 간다는 것이었다. 놀랍게도 내가 처음 PC방을 갔을 때 엄마의 반응은 크게 나쁘지 않았다. 왜? PC방이 집에서 먼 곳도 아니고, 가 봤자 애 발걸음으로 5분 거리인데, 500원짜리 동전 하나 주면 한 시간 동안 눈에 안 띄는 곳에서 놀면서 간식까지 하나 사 먹고 오니 얼마나 편했겠는가. 그런데 PC방의 후불 제도에 눈을 뜨면서, 어느 순간 나는 엄마의 허락도 없이 외상으로 대여섯 시간 가까이 PC방에 죽치고 있었다. 그러자 이 짓거리에도 제동이 걸렸다. 나는 버드나무로 종아리가 터지도록 처맞고 알몸 상태로 쫓겨날 위기에 처하기도 했다. 예나 지금이나 게임 중독자의 말로란 비슷비슷하게 처참한 모양새다.

그렇다고 해서 게임을 아예 못하게 된 것은 아니고, 엄마는 컴퓨터를 어디선가 하나 얻어 와서는 집에서 게임을 하도록 했다. PC방 가는 돈이나 전기세나 비슷비슷했을 것 같지만 상관없었다. 중요한 건 처음으로 컴퓨터가 생겼다는 것이었다. 처음에는 잘 안됐지만 나중에는 인터넷도 연결해서 이것저것 검색을 하기도 했다.

부모님이 얻어 온 것들이 대체로 그렇듯 엄마가 얻어 온 내 첫 컴퓨터는 결코 성능이 좋은 편이 아니었다. 윈도우 98이 깔려 있을 뿐 나머지 사양 정보는 기억조차 나지 않을 정도로 비참했다. 컴퓨터 전원을 누르면 자동차 시동 거는 소리가 났고, 인터넷이 되긴 했는데 초기 버전의 〈바람의 나라〉도 겨우겨우 구동만 됐다. 당연히 PC방 컴퓨터 성능과는 전혀 비교가 안 됐고, 그렇게 좋아했던 〈디아블로 2〉는 설치를 했으나 실행조차 되지 않았다. 슬펐다. 조금 화도 났다. PC방도 못 가게 하면서, 정작 얻어 왔다는 컴퓨터로는 하던 게임을 못하게 됐으니까.

나는 초등학생이었지만 복지관에 빌붙어 사는 우리 주제를 어느 정도는 파악하고 있었다. 엄마는 이웃의 아는 아저씨에게 그냥 컴퓨터를 얻어 왔다고 했지만, 돈을 한 푼도 주지 않았을 리는 없었다. 만약 공짜였다면 얻어 오면서 그리 좋은 소리는 못 들었을 것이라는 것도 지레짐작하고 있었다. 엄마 입장에서 컴퓨터의 사양이라는 개념이 이해가 될 리 없었을 것이다. 하나뿐인 아들이 좋아할 줄 알고 선뜻 컴퓨터를 가져다 줬더니 컴퓨터가 너무 썩어서 아무 게임도 할 수 없다는 말을 하는 상황을 만들 수 없었고 그런 속도 없는 자식이 되고 싶지 않았다. 이게 초등학교 저학년의 발상이었음을 상기해 보면 비참하기 짝이 없지만.

그래서 나는 개인 컴퓨터가 생겨서 너무 좋다는, 앞으로는 PC방을 가지 않아도 되겠다는 반응을 열심히 엄마에게 내비쳤다. 그리고는 그렇게 좋아했던 〈디아블로〉와 〈스타크래프트〉를 끊고 집에서 혼자 할 수 있는 게임을 찾기 시작했다. 플래시 게임 또는 PC판으로 나온 싱글 게임 같은 것들. 그중 가장 기억에 남는 것은 두말할 것 없이 〈환세취호전〉이었다. 일본계 게임 제작사 컴파일이 만든 턴제 RPG 게임인데, 지금 해도 재미있을 게임이다. 파면 팔수록 흥미진진한 그런 게임. 나는 몇 번이고 환세취호전의 엔딩을 보곤 했다. 솔직히 지금 해도 존나 잘할 자신이 있다. 그야말로 존나 했었기 때문이다.

그 느려 터진 컴퓨터를 5년 이상 썼다. 원래 컴퓨터는 워낙 개발 속도가 빨라서 최소한 2, 3년에 한 번씩 새 제품을 구매하거나 부품을 업그레이드 해주는 것이 정신 건강에 좋지만… 상식적으로. 어디까지나 상식적으로는 그렇다. 그저 우리 집이 일반의 상식 이상으로 가난했을 뿐이다.

몇 년 후 정부의 저소득층 컴퓨터 보급 사업 비슷한 것을 통해 (정확한 사업 이름이 아니다. 기억이 안 남.) '새' 중고 컴퓨터를 집에 들여놓을 수 있었다. '새 중고 컴퓨터'라는 단어가 읽는 사람에게 얼마나 난감한 단어인지 좀 생각해 봤지만, 엄청난 중고 컴퓨터를 그냥 중고 컴퓨터로 갈아치웠으니 썩 나쁘지 않은 표현일 것이다. 아니, 이것 말고 이 상황을 더 잘 표현할 수 있는 단어가 있나? 있으면 Kingreviewkim@gmail.com으로 메일을 보내 달라. 다음 판에는 수정해 놓을 테니까.

　시간이 흐를수록 엄마가 얻어 온 중고 컴퓨터의 성능과는 관계없이 세상은 더더욱 고성능의 컴퓨터가 필수적인 곳이 되어 갔다. 컴퓨터의 유무보다 이 컴퓨터로 뭘 할 수 있느냐 없느냐가 더 중요해졌다. 액티브 X를 몇 개까지 버틸 수 있느냐, 국내 관공서 사이트와의 호환이 얼마나 잘되느냐, 컴퓨터 용량은 얼마나 되고, 학교에서 내주는 숙제를 워드로 작성하고 프린트할 수 있느냐. '나라에서 준 중고 컴퓨터'는 점차 내 개인 게임기에서 상대적 박탈감을 뱉는 기계로 변모해 갔다.

　보통 게임에는 룰이 있다. 그 규칙은 게임에 참여하는 모든 사람에게 동등하게 적용되어야 한다. 그래야 게임이 잘 굴러갈 테니까. 그런 의미에서 대부분의 온라인 게임은 공정한 편이다. 최소한 모든 유저들에게 다른 룰을 적용하진 않으니까. 다른 사람들은 캐릭터 만들면 능력치 평균이 10인데, 흙수저라고 평균 7을 적용받으며 시작하지는 않는다. 열심히 사냥하면 레벨이 오른다. 부분 유료화와 현질(게임 내 현금 결제) 유도로 과거에 비해 이런 개념이 많이 퇴색되긴 했지만 원칙적으로는 그렇다.

　그런데 나는 온라인 게임을 하면서, 그 속에서 혼자 불평등한 환경에 놓인 것 같은 기분을 가끔, 아니 엄청나게 자주 느꼈다. 피해 의식이라 하면 그럴 수도 있다. 하지만 만약 축구 게임 매치에서 85분까지 1 : 0으로 이기고 있다가, 갑자기 컴퓨터가 다운되어서 부랴부랴 다시 게임에 들어가 보니까 5 : 0 몰수패 처리가 되어 있는 걸 수차례 목격하게 된다면 어떨까? 게임은 즐기려고 하는 건데, 나는 근본적으로 불평등한 상황으로 인해 기약도 없는 고통을 받아야 했다. 온라인에서는 모두가 평등하다고 대체 누가 씨부렸나?

실행이라도 되면 모르겠는데, 기본으로 요구하는 사양이 높아 실행이 되지 않는 경우에는 더 비참했다. 어느 날 〈롤러코스터 타이쿤 2〉라는 게임 CD를 친구에게 빌렸다. 별것 아니고 그냥 놀이동산을 만들어 게임 속 캠페인을 깨거나 최대한 많은 관람객을 모아 돈을 버는 시뮬레이션 게임이었다. 놀이동산을 어릴 적부터 거의 가본 적이 없어서 이 게임을 돌릴 생각에 마음이 한껏 부풀어 있었다. 그런데 내 컴퓨터에서는 이게 실행이 안 됐다. 〈롤러코스터 타이쿤 2〉는 무려 2002년에 출시됐다. 3D 그래픽을 적용해 훨씬 고사양이었던 차기작 〈롤러코스터 타이쿤 3〉도 2004년에 출시되어 시간이 꽤 지났을 때였다. 난 '에이, 그래도 2002년에 나온 게임도 못 돌리겠어? ㅎㅎ'라는 안일한 생각을 했던 것이다.

CD는 정품이었고 설치 자체도 잘 됐는데 막상 게임을 실행하면 까만 화면이 뜨면서 3분 정도 로딩이 되더니 타이틀도 뜨지 않고 꺼져 버렸다. 나는 그게 컴퓨터 사양 문제일 리가 없다고 생각했다. 온갖 수단과 방법을 가리지 않고, 그 게임을 어떻게든 돌려보려고 안간힘을 썼다. 친구에게 게임 CD를 빌려 놓고 '아, 그거 우리 집 컴퓨터 사양이 낮아서 못 돌렸어.'라고 말한다는 건 자존심에 흠집 정도가 아니라 갈기갈기 찢어 놓는 일이었다. 인터넷에 검색, 검색, 또 검색했다.

'Direct X를 안 깔아서 그렇다', 깔았다. '특수한 시디 키를 입력해야 실행이 된다', 입력했다. '저장 경로에 한글이 있으면 안 된다', 다 영어로 고쳤다. '설치 파일 안에 있는 버그를 직접 수정해야 한다', 직접 수정까지 했다. 그런데 여전히 실행은 안 됐다. '옛날 게임이라 그럴 일은 없겠지만 컴퓨터 사양이 낮아서 실행이 안 될 수도 있다', 인정하기 싫었지만, 가장 현실적인 답변이었다. '조금 더 좋은 걸로 컴퓨터를 바꿔야 한다', 불가능했다. 버그나 오류를 고치고 재부팅을 수십 수백 번 할 수는 있어도 컴퓨터를 바꿀 능력이라고는 전혀 없었다.

나는 너무 억울해서 대낮부터 자고 있던 엄마를 깨우려다 그만뒀다. 어차피 엄마도 마찬가지라는 걸 알고 있었으니까. 꿇어앉아 소리 없이 울먹거리다, 문득 배가 고파 혼자서 라면을 끓여 먹었다. 국물까지 모두 마시고 나니 분노는 가라앉고, 평소 하던 것처럼 망상을 했다. 현실적으로 이룰 수 없음을 스스로 잘 알면서, 그럼에도 하게 되는 생각들. 이 다음에 내가 커서 돈을 많이 벌면 컴퓨터부터 새로 사야지, 컴퓨터를 통째로 못 사면 그래픽카드라도 좋은 걸로 바꿔야지…. 어두컴컴한 방 한 켠에는 엄마가 낡은 이불을 뒤집어쓰고 몇 시간째 죽은 듯 잠을 자고 있었고, 나는 그 옆에 기대앉아 말도 안 되는 새 컴퓨터를 하염없이 생각하다 이윽고 잠이 들었다.

지금 하는 작업, 그러니까 페이스 북이나 인터넷에 글을 올리거나 거래처와 메일을 교환하거나 책 원고를 작성하는 일이 엄청난 고사양을 요구하는 작업들은 아니다. 그런데 막상 스스로 번 돈을 쥐고 컴퓨터를 바꿀 때가 되니 욕심이 생겼다. 그냥 무조건 좋은 걸로 바꾸고 싶었다.

그래서 거의 모든 부품을 플래그십으로 맞췄다. 박스형 컴퓨터에 Micro-ATX 메인보드를 사서 붙이고, 소음이 적기로 유명한 Noctua 쿨러를 CPU와 케이스 환풍구 모두에 장착하고, CPU는 가장 최근에 나온 6세대 스카이레이크 i7 시리즈로, 그래픽카드는 고성능으로 바꾼 지 오래였고, 무결점 모니터까지 두 대 사서 더블 모니터로 꾸몄다. 키보드도 타격감 있게 타이핑할 수 있는 기계식 키보드로 바꿨는데, 키 안쪽으로 붉은색 LED가 은은하게 빛난다.

새로 컴퓨터를 맞춘 지 수개월이 되어 가지만, 여전히 컴퓨터 전원을 누를 때마다 감격이 차오른다. 자동차 시동 거는 소리는 어디 가고, 이제는 거의 아무 소리도 나지 않는다. 저소음 고성능 쿨러를 덕지덕지 붙여 놨으니 당연한 일이겠지만. 컴퓨터를 켜는 속도도 훨씬 빠르다. HDD보다 빠른 SSD를, 통상의 SSD보다도 훨씬 빠른 모델을 적용했으니 이 역시 당연한 일이지만 놀랍다.

지금의 내 컴퓨터, 그러니까 '내가 직접 산 새 컴퓨터'로 실행하지 못할 게임은 사실상 없다. 웬만한 게임은 거의 모두 풀옵(모든 그래픽 옵션을 게임내 최고 사양까지 올린 것)으로 돌릴 수 있다. 당연히 〈롤러코스터 타이쿤 2〉도 잘 돌아간다. 〈롤러코스터 타이쿤 3〉역시 마찬가지고, 이 두 게임을 모두 돌리면서 동영상을 보고 인터넷을 하더라도 전혀 무리가 없다.

그런데 여전히 인터넷 창이 너무 많다 싶으면 하나둘씩 끄고, 프로세스를 초기화하고, 인터넷 쿠키를 삭제하거나 디스크 조각모음을 켜 놓고 밖에 나가는 습관이 있다. 왜 그러는지 잘 모르겠다. 이제는 그냥 창을 몇십 개씩 띄워 놔도 아무런 문제가 없을 텐데. 게임을 몇 개씩 동시에 돌리고, 블루레이 동영상을 동시에 재생해도 잘만 돌아가는데. 그냥 어느 날 갑자기 컴퓨터가 툭 하고 꺼질 것 같은 위기감이 있다. 될 것 같았던 게임이 실행조차 안 되고, 잘하던 작업도 불쑥 날아가 버릴 것 같은 강박이 남아 있다. 최대한 맑은 물로 삶을 채웠음에도, 맥주 거품처럼 꺼질 것 같은 공포감이 아직, 툭….

음식
가질 수 있는 식습관에 대하여

돈이 없으면 가장 저렴한
음식을 먹으면 된다.

원고를 쓰다 말고 의자에서 일어났다. 냉장고에서 플라스틱 통에 담긴 우유를 꺼내 잔에 따랐다. 플라스틱 용기에 담긴 우유는 내용물이 얼마나 남았는지 알 수 있고 일반 종이팩으로 포장된 우유보다 맛있다는 것이 장점이다. 단점은 일반 우유보다 1000원 남짓 비싸다. 아무 거리낌 없이 우유를 마시면서, 고작 1000원의 차이를 '고작'이라고 부를 수 있게 되었음에 새삼 놀랐다.

　뭔가 하려 할 때 선택지가 많다는 것은 기분 좋은 일이다. 물론 항상 그렇지는 않더라도 최소한 기분 나쁜 일은 아니다. 훌륭한 선발 투수가 너무 많아 누구를 선발로 해야 하는지, 이 옷도 저 옷도 예쁜데 뭘 입고 나가야 할지, 뷔페의 샐러드바 앞에서 연어를 먹을지 치킨 샐러드를 먹을지를 고민하는 것은 머리는 좀 아프겠지만 나쁜 상황은 아니다. 오히려 지금 내 능력으로 할 수 있는 여러 가지 중에서 하나를 선택하는 일은 여유롭기까지 하다. 선택지가 너무 많은 것도 스트레스라는 말이 있지만, 정말 답답하고 힘든 상황은 선택지가 적거나 아예 없을 때다.

'뭘 먹을까'는 엄청난 특권이다. 불과 몇 년 전까지만 해도 뭘 먹을지를 떠나서 또 이걸 먹고 싶진 않다고 생각했고, 그전에는 뭘 먹을 수 있기는 한지를 궁리했다.

식당에 들어가면 메뉴판이 있다. 나는 항상 그 메뉴판이 내 몫이 아니라고 생각했다. 어차피 선택할 수 있는 것은 몇 개 안 됐고, 그 정도야 메뉴판을 보지 않아도 외울 수 있었기 때문이다. 김밥 1000원, 삼각 김밥 700원, 라면 1000원, 우동 2000원. 돈가스 3500백 원까지는 괜찮다. 치즈 돈가스, 4500원. 그건 불가침의 영역이다. 정말로 그랬다. 치즈를 싫어해서가 아니라, 고작 단돈 1000원이 너무 커 치즈 돈가스를 주문하지 못했다.

엄마와 나, 단 둘이 구성된 우리 집에서 외식은 상당히 생소한 개념이었다. 기본적으로 밥이란 집에서 먹는 것이었고, 음식을 학교나 집이 아닌 바깥에서 먹는다는 것 자체가 특별한 일이었다. 뭐, 정말로 굶는 날은 그리 많지 않았다. 우리 집이 가난했던 것은 사실이지만 굶어 죽을 정도로 가난하지는 않았는데, 나라가 그렇게 두지 않았기 때문이다. 신기하게도 나라는 우리가 가난한 것 자체에는 관심이 없었지만 굶어 죽지 않도록 하는 것에는 관심이 많았다. 그것만으로도 감사하다면 감사한 일이다.

일반적으로 기초 생활 수급 대상자 가정에게는 매월 최저생계비가 나온다는 정도만 알려져 있지만, 사실 생계비 말고도 나오는 게 여러 가지 있다. 나는 까마득하게 어린 나이부터 갓 성인이 되는 시점까지 매우 다양한 복지 혜택을 경험할 수 있었는데, 우리집이 소득 하위 중에서도 완전 최하위라 기초 생활 수급 대상이었음은 물론 편부모 가정이기까지 해서 온갖 실험적 복지 제도에서 최우선적으로 뽑히는 세대였기 때문이다. 가히 대한민국 복지의 최전선에 있었다고 해도 과언이 아니다.

일단 놀랍게도 쌀이 나온다. '나라미'라는 이름의 쌀인데, 엄마와 나는 정부미라고 불렀다. 고등학교 시절 국사 시간 조선시대에는 구휼 제도라는 것이 있어 흉년이 들 때면 나라의 곳간을 열어 백성들에게 곡식을 나눠주었다는 내용을 배웠는데, 학교를 마치고 집으로 돌아가니 마침 그날이 정부미가 나오는 날이었다. 덕분에 구휼 제도의 개념이 엄청 와 닿아서 따로 암기할 필요가 없었던 기억이 난다.

이 나라미라는 게 정확히 어떤 과정을 걸쳐서 복지 대상자에게 전달이 되는지는 잘 모르겠지만, 나라미로 만든 밥이 엄청 맛있었던 기억은 없다. 그렇다고 맛이 아예 없는 건 아니고 금방 해서 금방 먹으면 대충 먹을 만한데, 시간이 조금만 지나면 밥에서 누린내가 났다. 보관 상태는 양호한 편이었지만 가끔 벌레가 나오기도 했다. 나는 아직도 벌레가 있을까 봐 먹기 전 밥을 뒤져보는 습관이 있다.

하여튼 나라에서 밥 해먹으라고 쌀을 20킬로그램씩이나 준 탓에 쌀이 없어서 밥을 못 먹는 경우는 많이 없었다. 학교를 다니니 급식을 먹고 오기도 했다. 문제는 방학이었다. 집에만 있으니 세 끼 모두를 알아서 해결해야 했다. 그래서 그 대안 비슷한 게 복지 카드였다.

복지 카드는 원래 종이를 뜯어서 쓰는 식권의 형태였다. 한 장에 3000원씩 각 지역구마다 지정한 식당에서 식권을 돈처럼 쓰며 음식을 먹을 수 있었다. 그런데 한 장에 더도 말고 덜도 말고 딱 3000원이다 보니 김밥 두 줄 사 먹고 1000원이 남아도 현금으로 돌려받지는 못하는 그런 애매한 상황이 발생하기도 했다. 그럴 때에는 식당 한 쪽에 놓인 화이트보드에 이름과 잔여 금액을 쓰고 다음에 올 때 그만큼의 금액을 할인받았다.

문제는 그 식당이 정부 운영이 아닌 영세 식당이라는 점이었다. 따라서 식당에는 나 같은 복지 대상자만 오는 게 아니라 일반 손님도 있었다. 그런 손님들도 다 볼 수 있는 화이트보드에 이름과 남은 금액이 적히는 건 돈이 아까운 걸 떠나서 좀 부끄러웠다. 우리 동네에서 누가 못사는지 확인하자는 것도 아니고. 하지만 당시로선 별다른 방법도 없었다. 그래서 최대한 금액을 맞춰서 식사를 했다. 김밥을 살 거면 세 줄을 사서 두 끼니에 나눠 먹거나 4500원짜리 돈가스는 포장하고 1500원짜리 라면을 그 자리에서 먹어 6000원을 맞춰서 먹는다든가 하는 식이었다. 숫자로 테트리스하는 기분이었다.

이런 게 문제가 되었는지 아니면 높으신 분이 보기에 그냥 종이 식권이 간지가 안 난다고 생각하셨던 건지는 몰라도, 이 식권은 복지 카드로 형태가 바뀌었다. 거창한 것은 아니고 그냥 체크카드처럼 생겨서 카드기에 인식도 되는 그런 카드인데, 방학이 되면 일일 한도 6000원 같은 식으로 일정 금액이 채워졌다.

곤란한 상황도 있었다. 가령 6000원이 넘으면 한도 때문에 다 먹어 놓고 결제가 안 되는 대참사를 겪어야 했다. 사정을 알 만큼 자주 가는 식당이면(내 경우에는 집 근처 김밥 천국이었다.) 식당 아주머니가 내일 긁으라고 편의를 봐 주었지만, 여간 눈치가 없는 인간이 아니고서야 잔액을 현금으로 계산해야 맞는 것이다.

식권이 카드로 바뀌면서 실제 지원 금액은 많아졌을지 몰라도, 종이 식권에 비해 굉장히 쓰기 불편한 형태가 된 것은 사실이었다. 일단 하루 세 끼를 모두 먹을 수 없었다. 종이 식권의 경우 일일 한도가 없으니 마음만 먹으면 세 끼를 모두 밖에서 해결할 수 있었다. 물론 그렇게 되면 금방 식권이 동나기는 했지만, 어차피 쓰라고 주는 건데 어떻게 계획을 짜서 쓰든 쓰는 사람 마음 아닌가?

그런데 '하루에 한 끼 지원'이라는 원칙으로 복지 카드를 일일 한도 형태로 잡아 버리자 그럴 수 없었다. 아무리 흙수저라지만 살다 보면 하루 종일 잘 얻어먹는 날도 있는 법인데, 그런 날에는 얄짤 없이 복지 카드 금액이 날아갔다. 적립도 안 되고 매일 6000원으로 초기화되는 식이었으니까.

6000원이라는 오묘한 한도도 문제가 됐다. 한 끼 먹기에는 조금 넉넉한데 두 끼 먹기에는 부족한… 흡사 팔도비빔면 같은 금액이라서, 종이 식권으로는 엄마와도 같이 식사를 할 수 있었던 것을 복지 카드로는 어렵게 되어 버렸다. 물론 방학 결식아동 대상으로 나오는 혜택이니 엄마는 주지 않고 나 혼자 쓰는 게 맞긴 했지만, 정작 쓰는 입장이 되면 원칙을 모두 지키기 어렵다.

이런 복지 정책들을 겪으면서 자연스레 '금액에 맞춰' 식사하는 것에 익숙해졌다. 그리고 한 끼 식사 금액의 상한선을 의식하면서 내 주제를 알게 되었다. 겨우 1000원, 500원의 차이로 먹을 수 있고 없고가 결정되는 상황. 주제넘게 오늘 치즈 돈가스를 먹으면 내일 아무것도 못 먹을 수 있다. 굶어 죽지 않으려면 항상 내 주제에 맞는 걸 먹어야 한다. 한순간의 객기가 다음 끼니를 어렵게 만든다. 지금 뭘 먹고 싶은지는 한참 뒤의 문제다.

주제 파악이 되자 알아서 기었다. 음식을 먹을 때 가장 중요한 것은 결국 가격이었다. 무슨 재료로 만들었는지, 몸에 어떤 영향을 주는지, 어제 메뉴와 겹치지는 않는지, 계속 먹어서 물리지는 않는지 같은 것들은 다 부차적인 문제였다. 외식의 기본은 김밥, 집라면은 쇠고기면, 고기는 대패 삼겹살, 군것질은 불량식품이고 음료수는 피크닉이었다. 이 주제 파악은 다른 사람에게 밥을 얻어먹을 때에도 작용을 해서, 어느 식당을 가든 가장 저렴한 것을 골랐다.

이게 내 주제에 맞는 음식이라는 생각을 계속해서 곱씹으면서.

식당에 들어가서, 자리에 앉아 종업원에게 뭘 주문한다는 행위 자체가 두렵기까지 했다. 제일 저렴한 메뉴를 고르면서도, 주문을 받는 종업원이 속으로 '역시 넌 돈이 없어서 제일 싼 걸 주문하는구나' 라고 생각하는 것만 같았다. 혼밥? 혼자 밥 먹는 것은 아무것도 아니다. 가장 저렴한 식사를 하면서 스스로에게 주는 경멸과 무시를 견디는 일이 더 힘들었기 때문이다. 하지만 나는 제일 저렴한 메뉴를 고르지 않을 수 없었다. 내게 주어진, 그 속에서도 내 주제에 맞는 선택지는 그뿐이었으니까.

속이 출출해 시계를 보니 저녁시간이다. 아침에 빵, 점심에 비빔밥을 먹었으니 저녁에는 고기가 좋겠다고 느꼈다. 바로 휴대폰을 들어 치킨을 주문했다. 치킨 무는 빼고, 작은 생맥주 하나를 덤으로 시켰다. 맛의 다양성을 추구하기 위해 간장 반 후라이드 반으로 주문하는 것도 잊지 않았다. 돈이 1, 2000원 더 붙긴 하지만 그게 무슨 상관인가. 오늘 기어코 치맥을 먹어야 할 것 같은 기분인데.

주문이 밀리는 토요일 저녁이라 치킨은 조금 늦게 도착할 것이다. 배에서 나는 꼬르륵 소리를 잠재우기 위해 주방 찬장을 연다. 얼마 전 한꺼번에 사다 놓은 간식들이 있다. 뭘 먹을지 고민할 수 있다는 것은 행복한 일이다. 사람이 그렇다. 항상 처음이 힘들지,

적응하면 곧 아무렇지 않게 주위 상황을 인식한다. 수없이 먹었던 누런 밥과 쉰 김치를 매번 기억해야만 지금의 행복을 온전히 느낄 수 있다. 내가 올챙이였음을 기억해야 두 다리가 있음에 감사할 수 있다. 이렇게 보면 사람은 참 멍청한 동물이다.

CHAPTER 2

가난,
개미지옥

이

신경을
도려낸 뒤의
고통

치아가 아프면
치과에 가면 된다.

나 같이 근본 없는 흙수저, 똥수저 출신들은 대개 같은 흙수저, 똥
수저를 기막히게 잘 알아보는 능력이 있다. 다 비슷비슷한 처지이
니까 어떻게 보면 당연한 이야기일지도 모른다. 하여튼 상대가 흙
수저임을 알아보는 데에는 여러 가지 방법이 있는데, 그중 적중률
이 높은 방법 중 하나가 바로 치아 상태를 살펴보는 것이다. 물론
흙수저라도 관리를 엄청 잘해서 치아 상태가 괜찮은 경우가 있을
지 모른다. 그러나 치아 상태가 엄청 안 좋은 사람치고 금수저, 은
수저인 사람은 최소한 내가 본 사람들 중 단 한 명도 없었다.

사람이 먹지 않고 살 수 없다는 걸 생각해 보면 치과가 주는 부
담은 흙수저가 아닌 평범한 가정에도 크다. 따라서 웬만하면 치과
에 가는 일이 없도록 하는 게 최선이다. 초콜릿이나 사탕은 되도록
피하고, 꼬박꼬박 양치질을 하는 것. 다소 귀찮지만 기꺼이 감수해
야 한다. 이 귀찮은 짓을 안 했다가는 얼마 지나지 않아 치과에 가
게 되고, 훨씬 귀찮은 일이 영수증에 찍혀 나온다. 치과는 아파서
무서운 게 아니라 치과라서 무서운 것이다.

반대로 치아 관리를 잘한 사람은 정기 검사나 스케일링 정도가 아니면 거의 치과에 갈 일이 없는데, 치아 관리는 영어처럼 조기교육이 중요하다. 사실 학식을 갖춘 부모라면 대부분 치아 관리의 중요성에 대해 인지하고 있고, 자녀에게 이를 관리하도록 가르친다. 만약 충치가 생겨 치과에 가면 깨지는 돈이나 고통도 문제지만 한 번 맛이 간 이빨은 다시 돌아오지 않는다. 틀니나 임플란트 같은 대체제가 있다 하더라도 대체제는 어디까지나 대체제일 뿐이다. 진짜 내 이빨은 두세 번씩 자라지 않는다.

엄마는 이빨이 매우 안 좋았다. 색도 누렇거니와 이곳저곳 빠지거나 보기 흉하게 때운 곳이 많아 더 안 좋아 보였다. 아직 그 자리에 붙어만 있을 뿐 혀로 건드리면 이리저리 흔들려서 금방 빠져도 이상할 게 없는 이빨도 있었다. 엄마는 태어날 때부터 이가 좋지 않았다고 이야기했다. 외할머니도 이가 다 빠져 오랫동안 틀니를 하고 다녔으니 집안 내력이 전혀 없다고는 할 수 없겠지만 관리 부실이 컸다. 엄마는 매일 꼼꼼히 양치하는 사람이 아니었다. 치아 상태가 매우 안 좋아진 후에도 그랬으니 이전에는 더욱 심했을 것이다.

그런 엄마 옆에서, 치아 관리의 필요성에 대해 뼈저리게 체감하며 성장하지는 않았다. 엄마한테 잘못을 돌리는 것이 아니라 정말로 몰랐다. 이빨 사이에 뭐가 껴서 이물감을 느끼거나, 간혹 이가 시리고 아픈 경우가 아니면 거의 양치질을 하지 않았다. 심지어 아파도 병원에 가서 검사를 받지 않았다. 그냥 내버려두면 언젠가 잦아들 거라 생각했기 때문이다. 치과에 가면 돈도 엄청 깨지고 아프다는 걸 어린 나이에도 잘 알고 있었다. 어쩌면 외할머니와 엄마의 치아가 좋지 않았던 이유는 다름 아닌 관리 부실이라는 집안 내력 때문일지도 모르겠다.

먹는 거 좋아하고 단 거는 더 좋아하는 주제에 이빨 관리는 소홀하니 아무리 좋은 이빨을 타고났다 한들 오래갈 리가 없었다. 중학교를 졸업할 때쯤 되자 이빨 곳곳에 극심한 고통이 느껴졌다. 이전에도 이가 아프고 시린 적은 몇 번 있었지만 이번엔 차원이 달랐다. 하지도 않던 양치질을 마구 해대고 엄청 차가운 물로 입을 수차례 헹구는 등 온갖 방법을 써 봤지만 고통은 가시지 않았다. 결국 엄마와 치과에 갔다. 치과로 향하는 길은 평소보다 더 쌀쌀했다.

내 이빨은 아주 작살이 나 있었다. 치아를 10분 정도 들여다본 치과의사는 여태껏 학생 같은 나이에 이 정도로 치아 상태가 안 좋은 사람은 처음 봤다며 칭찬해 줬다. 대충 눈으로만 잡아도 충치를 파내고 때워야 하는 곳이 열 개가 넘으며, 그중 몇 개는 충치가 너무 깊어 신경까지 파내야 할 것 같다는 이야기도 했다. 엄마는 점점 굳어 가는 표정으로 말했다. 그래서 다 고치는 데 얼마나 들겠습니까. 의사는 최소 200만 원이라고 말했다. 엄마와 나는 기초생활 수급 대상이었다. 동시에 의료보험 1종이기도 했다.

우리는 말 한마디 없이 치과에서 나와 왔던 길을 그대로 되돌아 갔다. 집에 도착하자마자 말없이 이를 닦았다. 때는 겨울이었고, 수도꼭지에서는 얼어붙을 만큼 차가운 물이 나왔다. 나는 그 물로 치약 거품을 머금은 입안을 헹궜다. 10초 정도였을까? 죽고 싶을 만큼 이가 시렸다. 그다음에는 꽤 견딜 만했다. 양치를 끝내고 나 왔고, 엄마는 방 한쪽에서 담배를 피우고 있었다. 그날 엄마와 나 는 더 이상 아무 말도 하지 않았다. 말할 필요가 없었다. 처음부터 우리에게 주어진 선택지는 없었기 때문에.

급한 대로 몇 달간 치과를 오가며 신경 치료를 받았다. 신경 치 료는 매우 아프고 오래 걸리는 치료 방법이었지만, 여기까지는 의 료보험으로 해결이 되는 영역이었는지 돈은 거의 내지 않았다. 약 국에 가서 처방받는 진통제 비용이 몇천 원 들었을 뿐이다. 신경 치료는 치아에 구멍을 내서 아주 깊은 곳에 있는 신경까지 파내는 작업이다. 충치를 정상적인 치아로 돌릴 수는 없기 때문에 통증이 라도 없애기 위해 마취시킨 다음 그냥 신경을 자르는 것이다. 심하 게 동상이 걸린 발을 더 이상 아프지 말라고 아예 도려내 버리는 것과 비슷하다. 어떻게 보면 일반적으로 치료라고 생각되는 방식 은 아닌 셈이다. 썩어도 너무 깊은 곳까지 썩었던 탓에, 마취 주사 를 몇 번씩 놓아도 신경의 통증이 느껴졌다. 그다음의 일은 기억하 고 싶지 않다. 마취 주사만 해도 엄청나게 아픈데.

문제는 신경 치료가 끝난 다음이다. 신경 치료를 할 때는 이빨에 깊은 구멍을 뚫는다. 당연히 신경 치료가 모두 끝난 다음에는 그 구멍을 막아야 하는데 너무 비쌌다. 일반적인 충치를 때우는 것처럼 아말감으로 조질 수도 없고(세균이 번식하기 쉽다고 한다.) 치아 형태의 껍질을 만들어 씌우는 크라운이 필요하다고 하는데, 이 경우 재료가 금이나 세라믹 같은 게 사용된다. 옥수수 한 알만 것들이 하나에 수십만 원. 그런 돈이 있을 리 없었다.

일단 신경 치료가 끝나면 의사가 임시 재료로 구멍을 대충 막아놓는다. 어디까지나 임시 재료이기 때문에 당연히 추가 시술이 필요한데 나는 그 상태에서 그냥 치과에 가지 않았다. 조심해서 씹으면 어떻게든 버틸 수 있을 거라고 생각했다. 그러나 임시 재료는 며칠이 지나자 금방 닳아서 없어졌고, 신경 치료를 했던 이빨에는 치료할 때 뚫었던 구멍들이 선명히 보이기 시작했다. 이미 신경이 끊겨 통증이 심하거나 하지는 않았는데, 막상 그 구멍들을 보고 있으려니 덜컥 겁이 났다. 신경 치료를 한 구멍 사이로 깊게 세균이 들어가면 어떻게 되지? 그땐 잇몸을 잘라야 할까? 다시 치과에 갔다. 그리고 의사에게 솔직하게 말했다. 돈이 없다고. 의사는 그런 것 같았다고 말했다. 진작 좀 이야기해 주지.

치과 의사는 조금 더 오래가는 임시 재료로 구멍을 메워 주면서 그대로 구멍이 뚫린 채보다는 낫겠지만 언제든지 세균이 번식할 수 있으니 돈이 생기면 바로 덮어씌우라고 했다. 언제쯤 200만 원이 넘는 돈을 벌 수 있을까? 나는 의사에게 농담 삼아 물어보려다 관뒀다. 이 사람은 의사다. 내가 하는 이야기를 이해할 수 있을 리 없다. 그렇게 생각했다.

몇 년 동안 이빨의 고통을 거의 느끼지 않고 지낼 수 있었다. 아픈 이빨들의 신경은 다 잘라 버렸으니 통증이든 뭐든 느껴진다면 이상한 일이다. 구멍을 메운 임시 재료도 아주 오래갔다. 이빨과 대놓고 색이 달라서 보기 흉하다는 것만 빼면 꽤 괜찮았다. 그래서 그게 임시 재료라는 것도, 돈이 생기는 대로 바로 바꿔야 한다는 것도 까맣게 잊고 있었다. 이 사실을 기억한 건 다니던 회사에서 퇴사해 프리랜서로 자리를 조금씩 잡아가던 어느 날이었다.

아침에 일어나자마자 물을 한 컵 따라 마셨다. 그러자 뜬금없이 이빨 한쪽이 아팠다. 이쪽은 신경 치료를 한 곳인데? 물을 마시다 말고, 화장실에 들어가 거울을 보고 입을 벌렸다. 신경 치료를 한 곳은 임시 재료로 메워진 그대로였다. 다른 것은 신경 치료를 한 치아 옆쪽의 색깔이었다. 이 안쪽부터 미묘하게 검붉은 색이 비쳐 보이고 있었다. 정신이 아득해졌다. 식겁한 나머지 하던 일을 모두 때려치우고 병원부터 찾았다. 서울에서 치과를 간 것은 대학에서 도망쳐 나온 이후 처음이었다.

치과는 의외로 자취방에서 굉장히 가까운 곳에 있었다. 버스나 택시를 타러 매번 오가던 길에 있었는데 그전에는 왜 여기에 치과가 있는 걸 몰랐는지 의아할 정도였다. 간판이 작은 것도 아니었는데. 잔뜩 겁먹은 표정으로 치과에 들어서니 간호사가 초진이냐고 물었다. 그렇다고 하고 진료에 필요한 서류를 하나 작성했다. 간호사는 내가 주는 종이를 받아 들고 예약제로 운영되니 다음부터는 예약을 먼저 하고 오라고 말했다. 초진은 괜찮은 모양이었다.

치과 의사는 이빨이 아픈 이유를 신경 치료를 한 구멍 안쪽에 세균이 자라서라고 설명했다. 그리고 어째서 바로 덮어씌우지 않고 이 지경이 되도록 방치했는지 살짝 타박했다. 말할 이유는 많았다. 돈도 없었고, 시간도 없었고, 여러 가지 일 때문에 정신도 없었고…. 굳이 입 밖으로 내지는 않았다. 또다시 몇 주 동안 구멍을 다시 파내 소독을 하고, 신경 치료를 다시 했다. 그때 받은 신경 치료는 돈이 꽤 들었다. 몇만 원? 자세히 기억은 안 난다. 예전에 했던 신경 치료와 다른 방식도 아니었다. 다른 게 있었다면 아마 내 통장 잔고였겠지.

또다시 신경 치료가 끝나고, 의사는 다음 주에 덮어씌울 테니 간호사에게 설명을 들으라고 했다. 간호사는 내 앞에 이빨 모양의 모형 몇 개를 늘어놓고 어떤 재료로 씌울 것인지를 물었다. 금, 세라믹, 새로 나온 지르 뭐라고 하는 소재 같은 것들이 있었는데, 그동안 색 때문에 스트레스를 많이 받았으므로 기존 치아 색과 가장 비슷한 세라믹으로 골랐다. 결제는 그 자리에서 일시불로 처리했다. 결제가 끝나고 나서는 빠른 시술 진행을 위해 미리 치아 모양을 본뜨는 작업을 하고 갔다. 시술은 뭐 깔끔하게 잘 됐다. 더 이상 아프지도 않았고.

나는 자기 관리를 굉장히 못하는 편이다. 못하는 걸 떠나 신경을 별로 안 쓴다. 세수하고 로션도 잘 안 바르고, 면도도 수염 때문에 따가울 때가 되어서야 마지못해 한다. 바깥에 안 나가는 날이면 머리도 안 감고, 머리카락은 한 번 정리하고 나면 몇 달은 기본으로 방치하기 때문에 항상 덥수룩하다. 어차피 집에서 일하는데 뭐 어떠냐고. 앞머리가 너무 길어서 눈을 찌를 지경이어도 미용실 가는 게 귀찮아서 미루고 미룬 다음에야 간다. 이 글을 쓰고 있는 지금도 미용실에 다녀온 지 세 달쯤 되어 머리가 많이 긴 상태다. 덥수룩한 게 귀찮긴 한데 미용실 가는 게 더 귀찮아서 이젠 머리띠를 하고 지낸다. 나는 아주 편한데 만나는 사람마다 극혐이라고 난리다. 남자가 머리띠 하면 안 된다는 것도 어떻게 보면 성차별인데. 어떤 식으로든 차별은 나쁘다고 생각한다.

이 허접한 자기 관리 방식은 내 짧은 인생에도 아주 유서가 깊지만, 딱 한 가지 예전과 엄청나게 차이가 있는 부분이 있다면 바로 치아 관리다. 나는 요즘 하루에 적어도 세 번은 닦는다. 귀찮은 건 예전이랑 다를 게 없는데, 스스로 필요성을 느끼고 습관화하다 보니 그리 어려울 것도 없었다. 지금 이빨 닦을 때 쓰는 도구는 오랄-비_{oral-b} 전동 칫솔이다. 이것도 아마 몇만 원 정도 주고 샀던 것 같은데 정확히 기억은 나지 않는다. 한 번 충전하면 3일은 계속 쓸 수 있다. 분당 2만 번인가 진동을 한다고 했던 것 같다. 확실히 적은 힘으로도 잘 닦인다. 편하다.

칫솔질을 하고 나서는 치실로 이 사이사이에 낀 플라그를 빼낸다. 이 과정은 꽤 중요하다. 질긴 고기 조각이나 미세한 플라그는 아무리 칫솔질을 해도 치아 사이에 숨어 빠져나오지 않는다. 치실로 이물질을 빼내는 작업은 귀찮긴 해도 꽤 재미있다. 일회용 치실 100개에 5000원 정도 하는데, 간혹 실이 치아 끝에 걸려 끊기는 경우가 생겨서 곤혹스럽기도 하다. 치실질을 끝내면 마무리로 가글을 10초 정도 하면서 입을 헹군다. 그리고 거울을 보며 '이-' 해 본다. 옛날만큼은 아니어도 누르스름하다. 그나마도 미백 칫솔을 꾸준히 써서 닦은 덕분에 조금 나아진 것이다. 그래도 사람들 앞에서 웃는 게 부담스러운 단계는 넘어섰다는 것에 만족한다.

얼마 전에는 치아 교정을 해 볼까 생각하기도 했었는데, 심각하게 불편한데다 교정 기간도 너무 길어서 관두기로 했다. 어차피 이빨 이쪽저쪽 심은 게 너무 많아서 교정하기도 쉽지 않을 것이다. 내가 굳이 얼굴로 잘 보일 필요가 있는 사람도 아니고 글로 돈 버는 사람은 글만 잘 쓰면 된다. 나도 이제는 좀 잘 쓰고 싶은데. 쉽지 않다. 이 글도 어떻게 결말을 내야 좋을지 생각이 안 난다. 그래서 그냥 생각이 안 난다고 그대로 썼다. 나름 괜찮은 마무리 같다.

감정 기복
내 감정과
마주한다는 것

나보다 센 사람 앞에서는
감정 조절이 잘된다.

나는 감정을 항상 솔직하게 표현하는 사람은 아니다. 그런데 이런 사실과는 별개로 나는 상당히 감정적인 사람이다. 기쁨, 외로움, 슬픔, 열등감, 죄책감, 자격지심, 오묘함, 지루함, 열정, 오만, 질투, 오기, 깨달음, 어리둥절함, 매순간 내 상태는 이 세상에 감정을 표현하는 단어만큼이나 복잡하다. 말로 표현함에 익숙하지 않을 뿐이다. 나는 인생의 대부분을 무미건조한 표정으로 살았다. 그동안 머릿속은 끊임없이 뒤엉켜 더욱 복잡한 형태의 나를 만든다. 사람의 뇌가 그런 괴상한 모양인 데에는 다 이유가 있는지도 모른다.

　가끔은 내가 느끼는 감정을 색으로 인지하기도 한다. 평정심은 흰색, 즐거움은 하늘색, 기쁨은 노란색, 슬픔은 짙은 보라색이나 남색이고, 분노는 붉은색 같은 식이다. 이런 감정은 간단하게 섞이고, 섞일수록 짙어지고 탁해진다. 그렇게 완성되는 검은색을 나는 견딜 수 없는 분노로 정의했다. 물감 놀이에서 가장 쉬운 건 검은색을 만드는 일이다. 손에 집히는 색들을 닥치는 대로 들이붓고 섞으면 끝이다. 검은색 물감이 만들어져도 쓸데는 딱히 없다. 캔버스를 모두 검은색으로 칠해 봤자 작품 이름은 '깜깜한 밤'이나 '양반 김' 정도밖에 안 될 테니까. 보는 사람은 어이가 없을 것이다.

나는 쉽게 화가 나는 사람이다. 사람이 너무 많으면 답답해서 화가 나고, 계산할 때 앞사람이 카운터 직원과 쓸데없는 이야기를 하며 시간을 끌어도 짜증이 치솟는다. 차가 막혀서 목적지에 늦는 상황을 잘 견디지 못하고, 게임이 잘 풀리지 않아도 야마가 돌아 버린다. 다른 사람이라면 대충 넘겼을 일들에도 참을 수 없는 분노를 느끼는 일이 부지기수다. 많은 사람들이 그런 날더러 성격이 지랄 맞다고 표현했다. 솔직히 인정하지 않을 수 없다. 웃긴 건 그런 지랄 맞은 사람의 리뷰를 많은 사람들이 꽤 좋아한다는 것이다.

예전부터 화가 나면 뭔가를 부수고 싶거나 던져서 부수고 싶다는 충동에 휩싸이곤 했다. 축구 게임을 하다가 컴퓨터에 골을 먹히면 키보드나 책상을 내리치고, 멀쩡한 모니터에다가 소리를 질렀다. 평소에는 아주 멀쩡한 사람처럼 있다가도 한 번 화가 뻗치면 전혀 다른 사람처럼 행동했다.

그러다 정신을 차렸을 때 처참히 부서진 물건들은 안 그래도 없어서 못 먹는 나를 더 가난하게 만들었다. 결국 일을 다 저지른 다음에 드는 생각. 내가 왜 그랬지? 일이 다 저질러진 다음에 하는 이런 생각들은 하등 쓸데가 없다. 그런다고 다음부터 안 그러는 것도 아니고. 솔직히 이만큼 병신 같기도 힘들다.

나는 내가 스스로 감정적인 사람이라고 생각한다. 살면서 내린 판단들은 대체로 다 감정적인 상태에서 내렸던 것이었다. 어떻게 보면 감정적이라기보다 이성적이지 않다는 게 더 적절한 표현이 될지도 모르겠다. 사실 논리적으로 생각해서 내리는 결정은 거의 없다. 일단 원인은 알 수 없지만 일어나는 감정과 기분이 먼저고, 그 위에 내키는 대로 입맛에 맞는 근거와 합리를 갖다 붙이는 식이다. 이런 내 방식을 옳고 그르다 할 수는 없지만 현명한 시스템이 아니라는 건 분명하다.

감정적인 사람의 약점은 너무 많아서 일일이 나열하는 게 시간 낭비다. 사이보그도 아니고 감정을 느낄 수 있으니 사람이지만 이성이 내 감정적이었던 시간을 들쑤실 때면 금방 우울감에 빠져 스스로를 책망하기 바쁘다. 감정적인 인간들의 불행은 으레 뜬금없이 돌아오는 이성 때문이다. 병신도 항상 병신이면 본인이 병신인 걸 모르는 법인데, 가끔씩 병신 아닌 상태가 돌아오니 젠장 내가 왜 그런 병신 짓을 했지 하고 스스로 머리를 쥐어박는 것이다. 그게 슬프다. 병신이면 그냥 쭉 병신이든가.

감정에 휘말려 어떤 행동을 할 때의 가장 큰 문제는 지금 감정적으로 행동하고 있지 않다고 생각하는 것이다. 막상 감정적일 땐 자기가 감정적인 줄 모른다. 다들 스스로는 나름 합리적인 사람이라고 생각하고, 일관성이 아주 없지는 않다고 생각하기 때문이다. 그러나 당장 상상을 해 보자. 게임에서 졌다고 키보드와 모니터를 부수는 게 어떤 합리적 근거가 있어서 하는 행동인지. 이해는 된다. 승부욕이 존나 쩌는 사람이라면 게임 한 판 졌다고 세상이 무너지는 듯한 분함과 괴로움을 느낄 수도 있다.

그렇다고 해서 뭘 부수고 던지는 게 괜찮은 선택은 아니다. 뭘 파괴한 뒤에 오는 것은 분노의 중화가 아니라 모두 가라앉고 난 후의 자괴감이니까. 어떤 일이든 감정적이라는 것은 비효율적이라는 것과 이음동의어고, 나는 평생의 대부분을 비효율적으로 살아왔다.

강산은 10년 동안 변하는데 나는 10분에 한 번씩 바뀌곤 했다. 알게 모르게 화가 쌓여서 자각도 못한 채 터져 나왔다. 인간 자체가 불규칙적이었다. 불규칙이라는 게 말은 쉽지 실제로 경험해 보면 얼마나 짜증나는 성질인가. 야구 경기나 수비 연습을 하면서 불규칙 바운드에 얼굴을 처맞는다면 감 정도는 잡을 수 있을 것이다. 루틴, 일정이라는 단어는 항상 나와 13만 광년 정도 떨어져 있다. 대신 불안정, 파토, 연장, 불신 같은 단어들이 삶을 정의했다. 나도 내가 불안했다. 나라고 이렇게 살고 싶은 건 아닌데.

가장 오랜 시간을 함께한 엄마는 절대 좋은 사람이 아니었다. 그렇다고 나쁜 사람도 아니었다. 엄마는 좋지 않은 사람이었지만, 아주 가끔 괜찮은 사람이기도 했다. 술을 잔뜩 마시곤 날 걷어차거나 물건을 던질 때도 있었지만, 바깥에서 실컷 놀다가 들어오면 된

장찌개와 따뜻한 밥을 차려 주기도 했다.

사람은 아름드리나무나 지층 같은 게 아니라서 단면만 보고 판단할 수 없다. 물론 엄마와 함께 살던 당시에는 이런 사실을 몰랐기 때문에 매일매일 엄마가 좋은 사람인지 나쁜 사람인지를 판단하느라 골머리를 썩었다. 애초에 선악이 명확히 구분되는 사람이 지구상에 얼마나 있겠는가. 대충 생각나는 건 교황님이나 테레사 수녀, 히틀러 정도다.

언젠가 너무 화나는 일이 생겨서 자취방에서 혼자 이불과 베개를 두들기다가, 분이 풀리질 않아서 물건을 마구 던지고, 끝내는 벽을 쾅쾅 걷어찬 적이 있었다. 한 15초쯤 지나서였나? 그날 처음으로 옆집에 살고 있는 사람이 30대 직장인이라는 걸 알게 됐다. 덩치가, 매우, 큰, 직장인. 분노라는 게 그렇다. 자기보다 센 사람 앞에서는 너무나 조절이 잘된다. 자연스럽게 분노 조절에 성공한 나는 화장실에 들어가서 찬물로 세수를 했다.

정신이 번쩍 드는 기분과 함께 거울을 들여다봤다. 거기에는 내가 아니라 엄마 아들이 있었다. 그때까지 내가 엄마와 닮은 점이 하나도 없다고 생각했는데 술을 마시지 않고 술을 마신 엄마와 같이 행동하고 있었다. 그때 깨달았다. 이걸 고치는 것이 숙제라는 걸.

감정적인 사람의 몇 없는 장점 중에 하나는 일단 그런 기분이 들기만 하면 당장의 추진력만큼은 타의 추종을 거부할 정도로 뛰어나다는 점이다. 매일같이 쓰촨성 대지진 수준으로 흔들리는 내

감정 상태를 조절해야겠다는 '기분'이 들었다. 그냥 그렇게 살면 안 될 것 같았다. 뭘 하더라도 이런 식으로 감정 기복에 휩쓸리다간 언젠가 좆되는 일이 일어나지 않을까? 미지의 공포감이 엄습하자 내 두뇌는 이전과 비교할 수 없이 빠르게 굴러갔다.

서점에 갔다. 감정을 다스린다는 책을 두세 권 정도 샀다. 참을 인자 세 번이면 살인도 면한다는 말을 엄청나게 길게 풀어놓은 책들. 다행히 돈이 아깝지 않을 만큼 도움이 되긴 했다. 살면서 최초로 감정을 조절할 필요성을 느꼈다. 내가 감정을 지배해야지, 감정이 날 지배해서야 되겠냐고. 혹성 탈출이었다.

이후 내 인생은 매일매일이 포켓몬 도감 같았다. 나는 내가 어떤 상황과 환경 속에서 스트레스를 받는지, 내가 축적된 분노를 어떤 형태로 해소하고 풀어내는지를 인지하고 기억했다. 삐릭! 나는 내가 뜬금없는 상황에 화를 잘 내는 사람이라는 점을 알아냈다. 삐릭! 나는 내가 사람이 많은 장소에 오래 있을수록 스트레스가 쌓인다는 점을 알아냈다. 삐릭! 나는 내가 무지막지하게 덥거나 습기가 높은 상황에서 자제력을 쉽게 잃어버린다는 점을 알아냈다. 삐릭! 삐릭! 삐릭! 이게 뭐하는 짓이지?

무지막지하게 놀라운 발전이었다. 다른 사람에게 비춰지는 내가 어떤 사람일지를 늘 궁금해 했지만, 정작 내가 스스로에게 어떤 사람으로 느껴지는지는 관심을 두지 않았다. 어차피 밖에 나가면 내가 아니라 다른 사람의 표정만 보이니 내 표정을 조절할 수 있는 것은 내 얼굴 근육뿐인데도 나는 날 알지 못했고, 믿어 주지도 않았다. 이런 사실을 깨닫는 것조차 쉽지 않은 과정이었지만 다행스럽게도 비교적 젊은 나이에 해냈다. 이런 건 조금 자랑스러워해도 괜찮겠지.

돌이켜 보면 나는 삶의 대부분을 감정을 억압받는 분위기 속에서 살았다. 지방, 특히 내가 살던 경상도에서는 남자의 감정 표현에 대해 부정적인 인식이 깊었다. 경상도 남자는 태생적으로 무뚝뚝하다는 오해를 많이 받는데, 반은 맞는 말이고 반은 틀린 말이다. 일단 태생적으로 무뚝뚝하게 태어나는 인간이 있을 리 없다는 점에서 틀리고, 무뚝뚝하게 자라도록 만드는 분위기와 환경이 있을 뿐이라는 점에서 맞다.

통상적으로 경상도에서 남자가 해선 안 될 것들은 다음과 같다. 눈물 흘리면서 울기(사내새끼가 질질 짜냐?), 힘든 일을 할 때 힘든 티내기(야, 너만 힘들어?), 내가 처한 상황을 자세히 설명하기(남자가 뭐 그렇게 말이 기냐?), 스트레스 받는 상황에서 벗어나기(이런 것도 못 버티는데 네가 사나이라고 할 수 있어?). 글로 보니까 참 웃기지 않은가? 괄호 속 대사는 실제로 세 번 이상 들은 말이다.

아니 씨발, 슬프면 좀 울 수도 있는 거 아닌가? 힘든데 힘든 티내는 게 좀 어때서? 내가 어떤 상황인지 설명하는 게 왜 잘못된 거냐? 한 번뿐인 인생인데 상황이 좆같으면 안 할 수도 있는 거지.

내 감정을 억누른 말들을 상대로 아주 당연한 반론을 펼쳤다. 생각해 보니 정말 말도 안 되는 것들을 수긍하고 살아왔던 것을 알았고, 이런 상황에서 자라며 마음의 병이 생기고 감정이 요동치는 것은 말이 되는 귀결이라는 것도 알았다. 나는 병신이었지만 내가 이 정도 병신이 된 것에는 다 이유가 없지 않았다. 최소한 이유 있는 병신이 되는 것, 모르는 사람은 모르겠지만 당사자에게는 인생을 통째로 바꿀 만큼 큰 변화로 다가온다.

그 다음은 간단했다. 수식으로 치면 나라는 인간의 특성은 고정된 상수 값이고, 정신 상태를 나타내는 함수는 여기에 끊임없이 변하는 시간과 장소, 상황, 분위기, 심지어 신진대사나 날씨 같은 자잘한 변수까지 모두 곱한 것이 된다. 그러니까 정신 상태 함수를 그래프로 그렸을 때, 최댓값과 최솟값의 차를 줄이는 것이 내가 할 일이었다. 수학이 존나 싫어서 문과로 갔지만, 이럴 때는 꽤 도움이 되는 학문 같다. 최소한 내가 뭘 해야 하는지를 가장 명확하게 보여 준다는 측면에서.

태생적인 감정 기복을 후천적 개념으로 전환하고 수정하는 작업은 결코 쉽지 않았다. 그래서 약의 도움을 받았다. 신경안정제와 항우울제, 세로토닌 재분배 억제제나 우황청심환(맛없음)까지. 인지한 문제에 대해서는 그 속도가 느리든 빠르든 어떻게든 해결해 낼 수 있었다. 몇 안 되는 장점 중 하나다.

감정 기복을 해결한다는 건 성격을 조지고 바꾸는 작업과는 궤가 달랐다. 나는 화가 많고 짜증도 쉽게 나며 참을성도 없는 성격 그대로이지만 지금 딱 하나 다른 게 있다면 내가 화도 내고 짜증도 내고 참을성도 없는 인간이라는 걸 스스로 인지하고 있다는 것. 별거 아닌 차이 같지만, 아는 것과 모르는 것은 연필심과 다이아몬드만큼의 격차가 있다.

여전히 수많은 상황 속에서 불안함과 초조함, 분노와 슬픔과 열등감과 죄책감 같은 것들을 느낀다. 그러나 예전만큼 비효율적으로 살고 있다는 느낌은 없다. 파괴적인 생각과 행동이 어떤 감정도 해결할 수 없음을 알고 있다.

아직도 나는 로봇 없는 디바에게 평타 맞고 죽으면 화가 나며, 호날두가 엘클라시코에서 골을 넣지 못하면 슬프고, 길거리 농구에서 블록을 당하면 심각한 자괴감을 느낀다. 쓸데없이 훈계하는 사람한테는 인터넷이라도 꿀밤을 때리고 싶다. 몸은 다 컸지만 정신은 젊음을 넘어 유아적이다.

다시 한 번 감정에 색깔이 있다고 치면 내 하루의 정신 상태는 프리즘에서 뿜어져 나오는 무지개 같다. 난 깨어 있는 14시간 동안 끊임없이 변하고 종잡을 수 없으며 규칙 없이 이리저리 흔들린다. 예전에는 명확히 색을 정의할 수 없는 내가 싫어서 몸서리를 쳤지만, 요즘에 와서는 썩 나쁘지 않은 것 같다는 생각이 들었다. 나는 텅 빈 종이에 자유롭게 활자를 집어넣는 화가고 내가 갖고 있는 색이란 많으면 많을수록 좋다.

　나는 마구 변하는 물감들을 집어서 하루 종일 그림을 그린다. 간혹 색이 마구 뒤섞여서 검은색이 될 때는 잠을 청한다. 다음 날 보게 된 내 그림이 정처 없어도 그뿐이다. 누군가는 여기에 가격을 달아 내게 밥을 떠먹여 줄 것이므로. 나의 정신, 나의 축복받은 팔레트. 개꿀이다.

여성
부조리한
당연함

남자라면
격정할 필요 없다.

내 고향은 부산이다. 사실 내 고향이 어디인가 하는 문제는 조금 복잡하다. 고향을 정확히 어떤 개념으로 보는지와 일맥상통하는데, 출생신고지를 기준으로 하면 부산광역시가 되고, 출생한 장소로는 경상남도 창원시가 되며, 성장 당시 가장 오랫동안 머물렀던 연고지로 따지면 대구광역시가 된다. 그야말로 무근본의 끝판왕이라고 할 수 있다. 실제로 나는 고향을 정확히 어디라고 말해야 할지에 대해 적잖은 스트레스를 받곤 했는데, 최근엔 누가 고향을 물으면 주저 없이 부산이라고 대답한다. 주민등록상 출생신고가 된 것도 부산이고, 주민등록번호 뒷자리도 부산 지역 번호에 따르며, 친가족도 모두 부산에 사는데다 실제로 다섯 살 때까지는 부산에서 자랐으니까. 부산 사투리도 곧잘 쓴다.

가장 오래 살았던 동네는 대구다. 대구는 외할머니와 엄마가 살던 곳이었다. 엄마는 아빠와 결혼 후에 부산으로 옮겨와 살다 다섯 살 때 아빠가 가스 중독으로 돌아가신 뒤 날 데리고 다시 대구로 왔다. 엄마는 어째서 부산에서 대구로 올라왔는지 자세히 말해 주지 않았다. 다만 외할머니가 엄마에게 했던 욕들을 미루어 볼 때 아주 조금 짐작 정도는 할 수 있었다. '이 화냥년아, 남자 따라서 부산 내려가더니만 지아비 죽고 쌔 빠지게 욕먹고 올라온 게 잘한 짓이가?' 같은.

엄마는 술에 취할 때마다 내게 아빠가 살아 있었을 때 부산에서 있었던 일을 이야기해 주곤 했다. 엄마는 여러모로 부산의 내 친가 족들에게 환영받지 못하는 존재였다. 아빠가 집안의 장남이었기 때문이다. 왜 아빠가 집안의 장남이라 엄마가 욕을 들어먹어야 했는지 이해가 되지 않았지만 엄마가 아주 자연스러운 일인 양 이야기했기 때문에 나는 그냥 그런가 보다 받아들였다. 엄마는 내가 딸이었다면 애를 하나 더 낳았을 거라는 이야기를 하기도 했다. 다행히도 첫애가 남자애라서 여러 번 안 낳아도 됐다며 안도의 한숨을 쉬었다. 엄마는 날 낳기 전까지만 해도 친정 가족들에게 수시로 무시당했다고 말했다. 어째서 첫아이가 남자인 게 다행인 일인지, 왜 아이를 낳지 않으면 무시당해야 하는지도 잘 알 수 없었지만 역시 그런가 보다 받아들였다. 그때는 그런가 보다 받아들여지는 일들의 무서움을 알지 못했다.

엄마의 집안 내력은 내 고향이 어디인지를 판단하는 것 이상으로 복잡했다. 자세히는 모르지만 경찰이었다는 외할아버지와 외할머니는 아마 공인되지 않은 관계였던 것 같다. 외할머니의 슬하에는 엄마, 엄마와 성씨가 다른 작은 삼촌이 있었고 엄마와 성씨가 같은 이복형제들은 외할아버지 내외와 함께 대구에서 살고 있었다. 나는 엄마와 외가 가족들이 모두 대구에 사는데, 왜 우리만 떨어져 살아야 하는지 늘 궁금해 했다. 외할머니가 외가에 있는 다른 외삼촌들의 엄마가 아니라는 점을 알고도 마찬가지였다. 왜 그게 문제가 되는지 알 수 없었다. 지금도 마찬가지다.

여러 알 수 없는 정황에 의해, 엄마는 가족들에게 공공연하게 차별적인 대우를 받았다. 한 번은 외삼촌 중 한 분이 점쟁이에게 외가 사람 전체의 사주팔자를 받았다며 종이를 하나씩 주는데, 엄마에게만 종이가 돌아가지 않았다. 그러나 엄마는 아무런 반응도 하지 않았다. 별로 상처도 되지 않는 듯했다. 나는 엄마의 아무렇지 않은 행동거지에서 더 비참한 느낌을 받았다.

외갓집은 항상 일사불란했다. 각자 할 일을 너무나 잘 알고 있다는 느낌이었다. 외숙모와 엄마, 사촌 누나는 볼 때마다 항상 바쁘게 움직였다. 그리고 대부분의 시간을 부엌에서 보냈다. 그동안 외할아버지는 안방에서 돋보기안경을 쓰고 말없이 신문을 읽었고 외삼촌은 밥이 완성되기 전까지 거의 밖에 있었다. 사촌형은 뭘 하는지 방에 틀어박혀 잘 나오지 않았다. 나는 사촌형 방에서 우리 집에 없는 장난감 같은 걸 갖고 놀다가 사촌 누나가 잠깐 방으로 들어오면 같이 이런저런 이야기를 하며 놀았다. 그러다 엄마를 찾으러 부엌에 가면 엄마와 외숙모는 왜 남자가 부엌에 오냐면서 방에 가서 놀면 밥을 차려 주겠다고 황급히 날 돌려보냈다.

내가 외갓집에 가서 하는 일이란 집에서 쉬던 사촌형이나 누나를 괴롭히며 놀거나 혼자 마당을 뛰어다니며 시간을 보내다 밥이 나오면 맛있게 먹어 치우는 것이었는데, 외갓집의 식사는 항상 기묘했다. 일단 밥이 다 차려질 때까지는 어떤 반찬도 먼저 손대면 안 됐다. 밥과 반찬, 국, 수저 따위가 모두 준비되면 외숙모가 가족들을 모두 불러 모았는데, 그렇게 가족들이 모두 모이면 안방에서 외할아버지가 헛기침을 한 번 하고, 국을 한 번 떠먹으며 이제 먹어도 좋다는 신호를 준 다음에야 비로소 식사를 시작할 수 있었다. 왜 그런 과정을 거쳐야 밥을 먹을 수 있는지 알 수 없었지만 다른 가족들이 모두 그렇게 하고 있으므로 나 역시 그렇게 했다.

외갓집의 식사 시간에는 최소 두 개의 밥상이 필요했다. 마루에 놓는 커다란 교자상 하나와 마루 바로 옆에 붙은 안방에서 외할아버지가 홀로 쓰는 원형 밥상. 외할아버지는 다른 가족들과 겸상하는 법 없이 항상 안방에서 혼자 식사를 했다. 또 반주를 드시는 외할아버지의 밥상에는 교자상에는 없는 술병과 술잔도 하나씩 놓였다. 밥 먹을 때 왜 술 같은 걸 같이 먹는지 이해할 수 없었지만.

한편 마루에 놓은 커다란 직사각형 형태의 교자상에는 나와 외삼촌들, 사촌형과 사촌 누나가 앉아서 식사를 했는데, 엄마와 외숙모의 자리는 없었다. 다른 가족들이 식사를 하는 동안 엄마와 외숙모는 부지런히 부엌과 마루를 오가며 부족한 반찬을 다시 채우고 술을 따르고 물을 나르고 먹다 나온 생선 가시를 내다 버리는 일 같은 것들을 해야 했다. 식사를 시작하면 사촌 누나가 가장 빠르게 밥을 먹고 자신이 다 먹은 그릇을 스스로 들고 부엌에 가서 외숙모와 엄마의 손을 거들었다. 사촌형은 밥을 다 먹으면 그대로 자기 방으로 돌아갔다.

외할아버지의 밥상이 치워지고, 다른 가족들이 밥을 다 먹고 나면 그제야 외숙모와 엄마의 식사 시간이었다. 엄마는 멀쩡한 교자상을 내버려두고 꼭 마루에 밥그릇을 내려놓고 식사를 했다. 외숙모 역시 마찬가지였다. 반찬은 가족들이 먹고 남긴 찌꺼기 같은 것들이었다. 외숙모와 엄마가 왜 우리와 함께 밥을 먹지 않는지, 왜 그렇게 맛없는 밥을 먹는지 궁금했지만 구태여 물어보지는 않았다. 다른 가족들 중 누구도 이상하게 여기지 않았으니까. 엄마는 외갓집에 갔다 오면 항상 피곤해 했고, 이틀 정도는 온종일 잠만 잤다.

그런 엄마의 상황과는 별개로 나는 외갓집에 가는 걸 무척 좋아했다. 기억이 잘 나진 않지만 외할아버지는 날 무척 귀여워했다고 한다. 그도 그럴 것이 태어난 경위야 어찌됐든 나는 외가의 막내 외손자였다. 내가 외갓집에 갈 때마다 외할아버지는 내 입에다 사탕을 까서 손수 넣어 줬고, 점심으로는 짜장면과 탕수육까지 시켜 줬다. 외숙모는 외할아버지가 중국 음식을 시키는 날은 내가 오는 날 뿐이라고 말했다. 뜸하긴 해도 전혀 없지 않았던 외갓집과의 왕

래는 내가 초등학교를 졸업하기 직전 외할아버지가 돌아가시면서 끊어졌다. 친가와의 교류 역시 다섯 살 때 아빠가 돌아가시면서 끊겼기 때문에 세상에는 정말 엄마와 나만 남게 되었다. 그러나 엄마는 이미 바닥에 밥그릇을 놓고 식사를 하는 게 익숙해져 있었다.

나이를 먹고 초등학교와 중학교에 진학했지만 학업에는 큰 관심이 없었다. 중학교 3학년 때 즈음해서는 학교생활에 꽤 적응한 끝에 친구들과 땡땡이치기 일쑤였으며 담을 타넘고 뛰쳐나가선 PC방으로 직행, 입으로 이상한 소리를 내며 게임을 했다. 그 당시 나는 집에 잘 붙어 있지 않았다. 집은 좁아터졌고, 그 좁아터진 집에는 맨날 잠만 자는 엄마밖에 없었으니까. 한 번은 밖에서 시간가는 줄도 모르고 실컷 놀다가 밤 12시에 집에 들어가기도 했다. 그때 고작 중학생이었다. 어두컴컴한 길을 지나 엄마한테 엄청나게 혼날 각오를 하고 집 문을 열었지만, 방 한 켠에서 담배를 피우던 엄마는 날 힐끔 보더니 퉁명스럽게 말만 던졌을 뿐이었다. "왔나?"
엄마에게 날 걱정하지 않았느냐고 물었다. 엄마는 남자아이라서 걱정하지 않았다고 대답했다. 너도 이제 다 큰 남자인데 내가 뭘 걱정하겠느냐고. 혼나지 않아서 기뻤다. 왜 남자아이라서 밤늦게 돌아다녀도 걱정할 필요가 없는지, 반대로 여자아이는 왜 늦은 시간에 밖에 있어선 안 되는지, 한 톨의 궁금증도 가지지 않았다. 궁금해 할 필요가 없었으니까.

엄마는 상업 고등학교를 졸업했다. 공부는 못했지만 엄마는 여자인데도 고등학교까지 나왔다는 사실을 상당히 자랑스러워했다. 나와 엄마가 살던 아파트 단지에서 고졸 이상의 학력을 가진 여자는 거의 찾기 힘들었다. 엄마는 밖에서 다른 아줌마들과 대판 말싸움을 하고 돌아와선 으레 이렇게 중얼거렸다. "고등학교도 못 나온 게 까불고 있어!" 나는 여자로 태어나 고등학교를 졸업하기가 왜 쉽지 않은지 몰랐고, 관심도 없었다. 그냥 그런 줄로만 알았다.

나는 여전히 공부에 관심이 없었고, 당연히 학교 성적은 개판이었다. 특히 꾸준히 기본기를 다져야 하는 과목인 수학이나 영어는 완전히 젬병이었다. 그렇다고 우리 집 형편에 학원을 다닐 깜냥은 전혀 없었고, 엄마 역시 학창시절 공부를 열심히 하지 않았으므로 집에서 배울 수 있는 것도 없었다. 심지어 엄마는 내 성적표에 적힌 '석차'가 무슨 말인지도 몰랐다. 한참 동안 종이를 들여 보다 내게 조심스레 물어본 후에야 '등수'라는 말로 다시 이해했다. 엄마는 내가 공부를 하는 것에는 관심이 없었지만 학교를 가는 것에는 관심이 많았다. 엄마는 같은 학급의 40명 중 30등을 한 내게 말했다. "그래도 너는 남자인데, 인문계 고등학교는 가야 하지 않겠니." 엄마의 말투는 이례적으로 조심스러웠다. 인문계 고등학교를 가라는 엄마의 말은 강요나 제안이 아니라 한없이 부탁에 가까웠다.

그런 엄마의 말투에 짜증이 났다. 발끈한 나머지 엄마에게 따졌다. 우리 동네에는 공업 고등학교나 상업 고등학교를 간 사람도 많고 엄마도 상고를 나왔는데 왜 나더러 인문계로 가라 하느냐고. 엄마는 간신히 화를 누그러뜨린 목소리로 말했다. "네가 여자였으면 고등학교를 안 나오더라도 그냥 시집만 잘 가면 되지만 남자는 최소한 인문계 고등학교는 나와야 먹고살 수 있다." 그 말을 온전히 수긍하지 못했다. 그러나 굳이 반박을 하지도 않았다. 당시에는 나름 일리가 있는 이야기라고 생각했다. 나는 중학교 3학년 말 즈음에 성적을 급격히 끌어올렸고, 결국 집 근처의 한 인문계 고등학교에 무난히 진학했다. 그렇다고 공부에 취미를 붙인 건 아니었지만.

어째서 컴퓨터 게임보다 공부를 더 열심히 해야 하는지 몰랐다. 엄마는 더 훌륭한 사람이 되기 위해서나 사회에서 무시당하지 않기 위해서 혹은 가난을 대물림하지 않기 위해 공부를 열심히 해야 한다고 말하지 않았다. 단지 내가 남자이기 때문에 공부를 열심히 해야 한다고 했다. 귀가 따갑도록 들은 이 말이 별 자극이 되지는 않았지만 한 가지는 알 수 있었다. 내가 공부를 하든 말든 내 자유지만, 최소한 내가 공부를 한다고 하면 말리지는 않겠구나. 그러나 그게 특권처럼 느껴지지는 않았다. 당연한 것 아닌가? 놀고 싶을 때 놀고 공부하고 싶을 때 공부하는 것.

그래서 당연해 보이는 권리로 원할 때 공부를 시작했다. 고등학교 3학년이 되어서 늦게 시작한 공부였지만 다행히도 대학에 합격할 수 있었다. 엄마는 내가 대학에 합격하자 자랑스럽다는 듯 말했다. "우리 집안에 그런 대학 간 사람은 너밖에 없다." 나는 내가 엄마의 자존심을 대변한다는 것에 대해 별 이상함을 느끼지 못했다. 오히려 조금 안심했던 것도 같다. 비로소 부끄럽지 않은 아들이 된 것 같다는 기분이 들어서.

대학 진학을 위해 서울로 올라오기 직전, 엄마는 내가 서울에서 이상한 물에 들지 않을까 걱정했다. 서울에 혼자 남아서 밥은 잘 챙겨 먹을지, 월세는 잘 낼 수 있을지, 부족한 것들은 없을지보다 서울이라는 미지의 공간에서 사람이 달라지지 않을까를 먼저 걱정했다. 그런 엄마의 걱정을 쓸데없는 노파심으로 치부하고 올라왔지만 서울은 내 생각보다 훨씬 놀랍고 충격적인 도시였다.

엄마는 상당히 오랫동안 담배를 피웠지만 집이 아닌 바깥에서 담배를 피우는 경우는 잘 없었다. 특히 사람이 많은 장소에서는 거의 피우지 않았고, 피우더라도 화장실이나 창고 같은 장소에 몰래 숨어서 피우곤 했다. 외갓집에서도 마찬가지였다. 외삼촌은 마루에 걸터앉아 마당이 담배 연기로 가득할 때까지 마음껏 담배를 피웠지만 엄마는 매번 푸세식 화장실 뒤쪽의 어두컴컴한 골목에서 피웠다. 엄마가 어째서 담배를 숨어서 피우는지, 왜 여자는 눈에 띄게 흡연하는 사람이 거의 없는지 알 수 없었고 관심도 없었다. 그런 내가 서울에 올라와 여자가 야외 흡연 구역에서 아무렇지 않게 담배를 피우고 있는 모습에 충격을 받은 건 꽤 웃긴 일이다.

그동안 살면서 본 여성들의 모습과 상경 이후 서울에서 본 여성들의 모습은 너무나 달랐다. 아예 다른 세계의 사람들이었다. 대구에서 십수년간 살면서, 학교 선생님들을 제외하고 사무실에 출퇴근하는 직장인 여성을 거의 본 적이 없었다. 내가 본 여성은 대부분이 학생, 주부 및 학부모, 미용실 원장이나 슈퍼마켓 주인 같은 자영업자, 아르바이트 내지 일용직이었고 소위 말하는 '커리어 우먼'이란 적어도 내가 사는 세계 속에서는 판타지에 가까운 것이었다. 나는 정장을 입고 사무실 의자에 앉아 서류를 처리하는 여성의 모습 같은 건 텔레비전에서나 나오는 거라고 생각했는데, 그런 의미에서 서울은 문자 그대로 판타지 세계였다.

지방의 여성들을 보고 자란 내게 서울에서 만난 여성들은 충격적으로 다가왔다. 그들은 대부분 스스로 공부하고 일을 선택하고 목표를 설정하고 자기만의 방식으로 노력했다. 그동안 봐왔던 여느 남성들이 그랬던 것처럼. 항상 남자들의 눈치를 보며 궂은일을 찾아 하지도 않았고 동등한 자리에서 함께 대화하고 밥을 먹으며 마음껏 웃고 떠들었다. 그리고 최소한 내가 대학과 회사 등지에서 만난 여성들 중 괜찮은 남자와 결혼하는 것이나 전업 주부 또는 엄마가 장래 희망인 사람은 없었다.

내가 생각한 여성상은 서울에서 모두 깨졌다. 어떻게든 내 속에서 깨진 여성상을 다시 이어 붙이려고 했다. 인지 부조화. 경험하지 못한 것들에 대한 혐오와 증오를 키우기 시작했다. 아무것도 아닌 나와, 그런 내 주위를 주체적이고 자신감 넘치는 여성들이 채우는 상황을 견디기 힘들었다. 내가 보고 듣고 겪은 여성이라는 존재란 그저 남성을 뒷바라지하는 사람들 정도였으므로, 혼란은 더더욱 극심했다. 그런 혼란이 가장 극단적으로 표출된 장소는 바로 인터넷이었다.

일베 저장소에서 나는 익명의 가면을 쓰고 아무 글이나 마구 싸질렀다. 3평짜리 고시원에 갇혀 살면서, 사회와 지구와 우주를 모두 통달한 지식인처럼 굴었다. 전라도가 어쨌느니, 대구 여자가 어쨌느니, 여자란 족속들은 죄다 어떠어떠하니 같은 이야기를 아무렇지 않게 쓰고 뱉었다. 사실은 좆도 모르면서. 그저 나의 지난 경험과 생각들을 틀리지 않은 것으로 만들기 위해 핑계를 대고 있었다. 그렇게 뱉은 말들이 모여 누군가에게 상처가 되고, 돌이킬 수 없는 형태로 되돌아올 거라는 걸, 언젠가 책임져야 한다는 걸 그땐 몰랐다. 나는 멍청하고 어리석었다. 이 단순한 사실을 인정하기까지는 상당히 오랜 시간과 노력이 필요했다.

나는 인터넷에서 세상 밖으로 조금씩 빠져 나왔고, 더 많은 사람들과 만나 이야기하고, 여자 친구를 사귀고, 각계각층의 사람들과 함께 작업하면서 겨우 당연하다고 생각했던 것들이 당연하지 않다는 사실을 알 수 있었다. 끊임없이 당연하기만 했던 나의 세상에서 때때로 느낀 위화감들이 사실 잘못된 것이고 차별이었으며 누군가의 아픔이었고 희생이었음을 알게 됐다. 집안일은 사람이 하는 것이지 여자가 하는 게 아니라는 걸, 최근에 와서야 깨닫게 됐다. 나는 깨졌던 내 여성상을 복구하기 위해 고군분투했지만 어디에도 여성상이라는 건 있을 수 없었다. 단지 수없이 많고 다른 인간상이 있었다.

'내가 여자였으면 어땠을까?'하는 생각을 거의 해 본 적이 없었다. 남자로 살면서 불편한 적이 없었기 때문이다. 기껏해야 군대 때문에 말초적인 생각 정도를 했을 뿐이다. 여자로 태어났으면 군대 안 가도 되니까 좋겠다. 출산의 고통이야 뭐 애 안 낳으면 되지.

나는 적어도 어두운 길을 걸으면서 누군가 나를 힘으로 제압해 죽이거나 혹은 벌거벗긴 채로 죽어도 싫은 일들을 당한 뒤 죽을 수도 있다는 걸 무서워한 적은 없었다. 길거리에서 다른 사람들처럼 담배를 피우다 어디 여자가 담배를 피우냐며 얼굴도 모르는 노인들에게 뺨을 맞을 수 있다는 사실을 두려워한 일도 없었다. 내가 원하던 일을 하고 있다가도 자식이 생겼다는 사실 때문에 모든 일을 그만두고 집안일과 육아에 몰두해야 하는 상황도 상상해 본 적 없었다. 나는 내 인생을 당연히 내가 선택할 수 있어야 한다고 생각했다. 그러나 여전히 많은 여성이 당연하지 못하게도 원치 않은 인생을 강요받고 있었고, 강요받고 있다. 그저 예전보다 나아졌다는 말은 아직도 문제가 남아 있다는 말과 진배없다.

얼마 전 페이스 북에 '강남역 묻지 마 살인 사건'에 대한 생각을 정리해 올렸다. 한 여성이 강남역처럼 유동 인구가 많은 곳에서 공중 화장실에 갔다가 이유 없이 살해당한 사건 때문에 여성 전반이 두려움을 느끼는 건 당연하며, 공포를 느끼는 사람들에게 필요한 것은 그저 이해하고 경계하겠다는 말이라고 말했다. 사람들이 무조건 공감하길 바라고 올린 것은 아니었다. 나는 내 페이지에 항상 나의 생각을 올렸고, 그 글 역시 마찬가지였다. 반응은 반반이었다. 공감하는 사람도 있었고, 그렇지 않은 사람도 있었다. 개인의 생각이란 대체로 그렇다. 모두가 공감할 수 있는 생각이란 없다. 글의 메시지란 읽는 사람의 숫자만큼 의미가 나뉜다. 50만 명에게 보이도록 쓴 글은 50만 개의 의미를 가질 수 있다.

그 와중에 소모적인 논쟁을 했다. 내 주장을 물어뜯는 이들에게서 과거의 내 모습이 겹쳐 보였기 때문이다. 바보 같은 행동이었다. 나는 완전히 실패했다.

그러나 실패한 논쟁은 있어도 실패한 글은 없다. 내가 옳다고 생각하는 기준 그대로 글을 썼고, 메시지는 오롯이 그 자리에 있을 뿐이다. 페이스 북 코리아는 몇몇의 신고 접수를 받고 내가 쓴 글을 삭제했지만 상관없었다. 내 글은 이미 충분한 메시지를 전달했고 이 글도 마찬가지다. 어떻게 생각하고, 어떻게 느끼고, 어떻게 행동할지, 또 무엇이 당연하고 무엇이 당연하지 않은 것인지를 판단하는 건 읽는 당신의 몫이다.

절약
모아서
태산이 되는 건
빚뿐이었고

수박의
흰 부분은 넓다.

티끌 모아 태산. 이제는 신화가 된 이야기다. 엄마는 어렸을 때부터 작은 것도 아낄 줄 알아야 한다고 말했다. 그 말에는 네가 가진 것에 만족하고, 불평하지 말라는 메시지가 숨어 있었다. 맞는 말이었다. 자원은 한정되어 있고, 낭비는 쉽게 상황을 악화시킨다. 이왕 사는 거 아껴서 살면 좋지. 우리 집은 가뜩이나 못사는 집안인데. 그런데 어렸을 적부터 내가 경험한 절약은 늘 이해하기 쉽지 않은 것이었다. 엄마는 끊임없이 아끼고 아끼면 부자가 될 수 있다고 말했지만 우리 집은 몇 년이 지나도 늘 가난하고 힘들었다. 왜 그랬던 걸까? 절약을 덜 해서? 확실히 아닌 것 같다.

사람들은 절약에 대해 으레 추상적인 발상을 하곤 한다. 기껏해야 변기 뒤쪽에 벽돌을 넣거나 엘리베이터 닫기 버튼 안 누르는 것 정도일까? 물론 엘리베이터 버튼 안 누르는 건 아무 짝에도 쓸데없는 짓이라지만. 우리 집의 절약은 매월 정해진 날짜에 따라 죽지 않을 만큼의 식량이 제공되는 무인도에서의 절약을 상상하면 쉽다. 매월 꼬박꼬박 정해진 양만큼 식량을 확보할 수 있기는 하지만 그전에 굶어 죽지 않으려면 빵 한 조각, 물 한 모금 먹는 것도 신중할 수밖에 없을 테니까. 그 시절의 절약이란 어떻게 보면 생존의 문제였다.

엄마와 나는 자립적으로 많은 돈을 벌 능력이 없어 아주 오랜 시간 동안 기초 생활 수급자로 2인 가구 최저생계비를 받았다. 매월 정해진 날짜에 들어오는 생계비를 어떻게든 쪼개고 쪼개서 다음 달 생계비 지급일까지 버티는 일이 삶의 목적이었다. 당연히 멀쩡한 음식을 남기는 것은 원칙적으로 틀린 행동이 됐다. 음식을 끝까지 먹는 이유는 대개 아직 썩지 않았고, 먹지 않으면 쓰레기가 되기 때문이었다. 먹고 싶은 음식이 생겨서 원하는 만큼 먹는다는 것은 사치를 떠나 상상하기 어려운 일이었다. 김치와 밥이 멀쩡한데 어째서 다른 반찬이 필요하냐고 소리치는 것이 엄마의 주된 절약 방식이었다.

과일은 껍질을 두껍게 깎을수록 과육이 적어지므로 최대한 껍질을 얇게 깎아 먹어야 하고, 수박을 먹을 땐 붉은색 부분이 보이지 않을 때까지 껍질을 갉아먹어야 했다. 어쩌다 생선이나 닭을 먹으면 뼈에 살점이 하나도 남지 않도록 먹어 치우는 게 미덕이었다. 기본적으로 먹을 수 있는 부분을 남기는 건 나쁜 식습관이었다. 그 속에서 먹고 싶다거나 먹기 싫다는 말은 쉽게 무시됐고 그건 당연한 일이었다. 우리는 가난하고 없는 집안이고 먹을 수 있을 때 최대한 많이 먹어 두는 게 최선의 전략이었으니까.

우리 집에는 에어컨도 없었다. 물론 에어컨을 살 돈이 없었던 것도 맞지만, 가장 큰 이유는 전기세가 너무 비싸서였다. 한반도에서 가장 더운 지방에서 에어컨도 없이 푹푹 찌는 여름을 버티는 건 매년 쉽지 않은 일이었지만 해야 했다. 하지 않을 수 없었다. 우리 집에는 에어컨을 살 돈도, 에어컨을 켜 놓을 여유도 없는데 싫으면 어쩔 거냐고. 그저 사방팔방으로 문을 다 열고 틈만 나면 샤워를 하는 것이 피서 방법이었다. 낡은 선풍기를 켜고 자는 것도 자주 있는 일은 아니었다. 문을 다 닫은 상태에서 선풍기를 켜고 자면 질식해 죽는 줄 알았던 시절이 있었다.

안 그래도 작은 냉장고의 냉동실에는 먹다 남은 음식들이 꽉꽉 채워져 있곤 했다. 그중 절반 이상은 이미 먹을 수 없는 상태였다. 성에가 잔뜩 껴서 반쯤 액체화된 대파라든가, 몽둥이 대신 써도 괜찮을 정도로 꽁꽁 언 김밥, 얼어 죽은 것처럼 보이는 마른 멸치까지. 음식이면서 더 이상 음식일 수 없는 존재들이 냉동실에 계속 상주하고 있었던 이유는 어쩌면 이렇게 절약하면서 살고 있다는 마음의 위안을 유지하기 위함이었을지도 모른다. 절약은 빈자에게 더 나은 내일을 꿈꾸게 하는 낡은 동아줄 같은 것이다.

절약 정신을 열심히 관철한 결과 우리 집은 더 가난해졌고 빚도 더 늘어났다. 절약이 분명 나쁜 것은 아니었지만 방향이 많이 틀렸다. 우리 집에 정말 필요한 절약은 선풍기 트는 시간을 줄이거나 먹기 싫은 밥을 끝까지 입에 욱여넣는 게 아니라 엄마가 담배와 술을 끊는 것이었다. 엄마는 담배와 술에 드는 비용에는 한없이 관대했다. 수박을 껍질까지 싹 갉아먹는 행동이 대체 얼마나 많은 돈을 아낄 수 있을까? 많이 쳐야 10원일 것이다. 과육처럼 달지도 않고 떫은 수박 껍질을 억지로 처먹는 데 겨우 10원을 아낄 수 있다. 그런데 담배 한 갑 사는 데에는 지갑에서 2500원이 빠져나간다. 대체 얼마나 많은 수박을 껍질 끝까지 집어삼켜야 할까.

그렇게 아낀 돈이 제대로 쓰였느냐 하면 역시 아니었다. 엄마는 거의 집에 박혀서 사는 것 때문에 몸매가 상당히 망가진 상태였다. 가장 간단한 방법은 바깥으로 나가 걷고 뛰는 것이었지만 엄마는 대신 근본을 알 수 없는 다이어트 약을 매일 먹었다. 한 번 사면 3개월을 먹을 수 있다던 그 다이어트 약의 가격은 10만 원이 넘었다. 엄마는 10만 원을 한꺼번에 주는 게 아니라 매달 나눠서 내는 것이기 때문에 괜찮다고 말했다. 머리가 아팠다.

절약의 핵심은 불필요한 지출을 줄이는 것이다. 그런 측면에서 엄마가 강조한 절약은 결코 절약이라고 할 수 없었다. 먹고사는 데 꼭 필요한 지출을 절약하는 것은 절대 행복해지는 방법이 아니었다. 다 먹고살자고 하는 짓인데, 절약을 하느라 먹고사는 일이 불행해진다면 그만큼 부조리한 것도 없다. 아끼는 것도 있는 것에서 아껴야지 없는 것에서 더 아끼니까 문제였다. 나는 우리 집이 절대 부자가 될 수 없다고 생각했다. 시작이 가난해서가 아니라 살아가는 방식이 가난했기 때문이다.

말 그대로 최저 생활을 유지하라고 주는 최저생계비에서, 아껴 봤자 얼마나 아낄 수 있고 저축해 봐야 얼마나 저축할 수 있겠는가? 애초에 말도 안 되는 싸움이었다. 조금이라도 더 잘 살기 위해서는 더 아끼는 것보다 더 버는 것이 시급했다. 그러나 엄마는 이미 사회생활에 대한 의욕이 모두 떨어진 상태였고, 몸도 예전 같지 않았다. 무엇보다도 최저생계비는 4대 보험이 보장되는 일을 시작하는 순간 지급이 중단된다. 엄마는 체력을 깎으며 조금 더 많은 돈을 버느니, 집에서 쉬면서 주는 돈으로 생활하는 것이 낫다고 판단했을 것이다. 틀린 판단은 아니었다. 틀린 게 있다면 일을 시작하는 순간 생계비를 끊는 병신 같은 복지 정책이었다. 경력도 없고 애까지 딸린 엄마가 나가서 돈을 벌면 얼마나 많이 번다고.

빨리 돈을 벌고 싶었다. 많이 벌어서 쓰고 싶은 곳에 마구 써 버리고 싶었다. 돈을 벌 수 있는 나이와 환경이 되고, 홀로 경제생활을 유지할 수 있게 되면 절대 엄마처럼 살지 않을 거라고 다짐했다. 불필요한 지출을 줄이고 필요한 것만 소비하면서 번 돈을 효율적으로 운영할 수 있을 거라고 생각했다. 최저생계비? 그거 얼마라고. 내가 벌면 훨씬 더 많이 벌 수 있다고. 그렇게 생각했다. 엄마처럼 주저앉지만 않으면 언젠가 잘살 수 있을 거라고 생각했다.

서울에서의 자취 생활은 내가 했던 생각을 초등학생이나 할 법한 발상으로 전락시킬 만큼 어려웠다. 강의실에 앉을 시간조차 없이 아르바이트를 해댔지만, 매달 통장에 돌아오는 돈은 100만 원 남짓이었다. 그중 월세와 공과금을 떼니 할 수 있는 것이 많지 않았다. 강의 교재를 중고로 사고, 덥수룩한 머리를 정리하고, 계절이 바뀌어 위에 걸칠 옷을 한 벌 사면 밥 먹을 돈도 제대로 남지 않았다. 근처 슈퍼마켓에서 3만 원도 안 되는 쇠고기면 40개들이 한 박스를 사서 한 달 내내 나눠 먹었다. 그마저도 월말이 되면 부족해서 반으로 쪼개 먹었다. 밥과 계란, 기본 반찬 같은 것들을 지하실에서 퍼다 먹을 수 있었던 고시원에서는 이런 고통이 덜했지만 월세가 훨씬 비쌌다. 입으로 들어가는 것은 어떤 식으로든 대가를 치러야 한다는 것이 굶어 뒈질 위기를 몇 번이나 넘기면서 깨달은 사실이었다.

나는 확실히 최저생계비보다 돈을 많이 벌었고, 불필요한 지출을 최소화하며 살았다. 그마저도 부족해 필요한 지출마저도 가장 낮은 수준으로 유지했지만 지갑 사정은 도저히 나아질 기미를 보이지 않았다. 젊을 때 고생은 사서도 한다는데 이런 고생이라면 차라리 죽는 게 낫겠다는 생각마저 들었다. 이 판국에 대학을 다니며 마땅히 배운 것도 없이 졸업해 봤자 결국 그저 그런 인생을 살 게 될 것 같았다. 엄마처럼 주저앉는 것은 아닐까? 두려움은 도망칠 생각조차 못하도록 만들었다. 대학을 사실상 그만두게 된 것도 그때 즈음이었다.

결국 휴학계를 내고 더 많은 일을 찾았다. 그때의 상황에서는 모어 잡, 모어 머니More Job, More Money였다. 과외 전단지를 틈틈이 뿌렸다. 내 학력과 특기로 할 수 있는 과외란 국어 내지 논술 과외 정도였는데, 제대로 먹힌 것은 후자 쪽이었다. 알고 보니 나는 논술 과외에 재능이 있었다. 차츰 다른 잡일을 줄이고 과외를 더 많이 했다. 가르치는 학생이 다른 학생까지 데려오면서 그룹 과외까지 하게 됐다. 짧은 시간에 더 많은 돈을 벌고 월세와 공과금, 식비와 교통비까지 다 빼고도 매월 10만 원 정도를 저축할 수 있었다. 그렇게 모은 돈은 가끔씩 치킨을 먹거나 옷을 사는 데 쓰였다. 이게 사람 사는 것이라고 생각할 때쯤 피키 캐스트에서 연락이 왔다.

회사에 들어가면서 과외를 모두 그만둔 것은 좀 아쉬웠지만, 내 경제적인 상황은 전보다 비교할 수 없이 좋아졌다. 즐겁게 콘텐츠를 만들면서 꼬박꼬박 월급이 통장에 꽂히니 절약할 필요를 느끼지 못했다. 쇠고기면에서 벗어나 신라면을 먹고, 매 끼니 호화롭기 짝이 없는 편의점 도시락을 마음껏 즐겼다. 고기가 시급하다 싶으면 집 앞 분식집에 가서 제육 덮밥을 배불리 먹었다. 꼭 필요한 지출을 모두 끝낸 후에도 통장 잔고가 7자리로 남는 기분은 말로 설명하기 어려웠다. 저축을 하기 싫어도 하게 됐다. 매월 원하는 만큼 쓰고도 돈이 남았기 때문이다. 엄마에게 용돈을 주는 경지에 이르렀다. 놀라운 변화였다.

회사에서 나온 다음에는 꽤 고생을 했다. 소비 습관은 회사에 다니던 시절과 같은데, 수입은 같지 않았으니까. 하지만 더 이상 절약해서 상황을 극복한다는 생각을 하지 않았다. 혼자서라도 딛고 일어서서, 어떻게든 많은 돈을 버는 것이 가장 빠른 방법이라는 걸 알고 있었다. 부지런히 책을 쓰고, 잡지에 글을 기고하고, 여러 회사랑 함께 일을 하면서 프리랜서 생활을 했다. 그러다 어느 순간에는 회사에 다니던 시절보다 돈을 더 많이 벌었다. 내가 서명한 모든 계약서가 돈을 가져왔다. 통장 잔고는 자연스럽게 8자리가 넘어갔다. 절약하기는커녕 엄청 낭비하는 생활을 했는데도.

오피스텔 근처에 있는 작은 이탈리아 식당에서 샐러드와 파스타를 혼자 먹었다. 먹다 보니 양이 너무 많아 남겼다. 이제 배가 부르면 음식을 남길 수 있다. 억지로 많이 먹는 건 폭풍 설사와 지나친 식욕을 낳을 뿐이다. 우리 뱃속에 있는 위는 많이 처먹을수록 크기가 늘어난다. 음식은 많이 먹는 게 아니라 원하는 걸 적당히 먹는 게 최고다.

밥을 먹으니 입이 텁텁해 카페에 들러 커피를 마셨다. 그리고는 근처 마트에 들러 수박을 한 통 샀다. 수박을 반으로 쪼갰다. 초여름인데도 벌써 수박 속이 그럴듯하게 익었다. 묘하게 단맛이 나는 냄새가 집 안을 가득 채운다. 한때 김치 통으로 썼던 큰 용기를 하나 꺼내 물로 한 번 씻었다. 수박을 토막 낸 후 정사각형 모양으로 썰어 통에 담았다. 당연히 흰 부분은 뺀다. 흰 부분은 쓰고 맛없다.

요즘은 절약 대신 필요라는 말을 쓴다. 필요하면 쓰고, 필요 없으면 쓰지 않는다. 유니세프에 정기 후원도 한다. 필요한 모든 곳에 돈을 써도 불필요한 곳에 돈을 쓰지 않으면 자연스레 돈은 쌓인다. 물론 필요한 모든 곳에 돈을 쓰기에도 부족하다면 성립이 안되지만. 은행에 저축해 봤자 어차피 금리도 낮고 저축해서 돈을 모으는 것보다 매주 자동 돌려서 로또 2등이나 노리는 게 합리적일 것이다. 물론 나는 로또를 사 본 적도 없지만 말이 그렇다고. 수지타산도 지갑에 여유가 있을 때나 잴 수 있다.

노력
노력해서
패배자가 되는
방법

공부가 어려우면
노력을 하면 된다.

"죽을 만큼 노력해 봤어?" 어느 날 명절에 만난 사촌형이 나에게 이렇게 말했다. 먼저 다가와 뜬금없이 공부는 잘되냐고 물어서 '열심히 하고는 있는데 학원을 다니지 않아서인지 따라잡기 어렵다'고 대충 대답하니 사촌형이 한 말이었다.

이게 과연 정상적인 대화 패턴인가? 죽을 만큼 노력해봤냐니… 어이가 없었다. 만약 이 대화가 언어 영역 듣기 평가의 '다음 대화 중에서 문맥에 맞지 않는 답변을 고르시오.'라는 문제의 보기로 나왔다면 두말할 것 없이 이걸 골랐을 것이다. 더 어이가 없는 것은 내가 잃어버린 어이를 찾는 동안 사촌형이 목소리를 쭉 깔고 같은 말을 한 번 더 했다는 사실이다. 지금 책으로나마 말하지만 병신 같았다. 자기 딴에는 멋있는 줄 알았을 텐데 상대방에게 속으로 무시당하는 일은 안타깝기 그지없다. 내가 자기를 병신 취급하고 있다는 건 알까? 아마 알 것이다. 몇 개월 전에 직접 말해 줬다.

'노력'이라는 말은 어감이 참 좋다. 그래서인지 사람들은 노력이라는 말을 쉽게, 많이 한다. 어찌나 찰진 소리인지 노력이라는 단어를 뱉는 것만으로도 세상 사람 모두가 노력의 화신이 되는 것만 같다. 세상 모든 단어가 그렇다. 말은 어렵지 않으니까.

노력은 저마다 기준이 달라 정확히 말하기는 어렵지만, 누가 나에게 정말 죽을 만큼 노력했냐고 묻는다면 결코 그렇다고 말할 수 없다. '삼당사락'이나 '하루 14시간 공부', '1만 시간의 법칙' 같은 것들과 나의 삶은 절대 가깝다고 할 수는 없었다. 하루에 한 분야, 10시간 정도의 순수한 노력도 하지 않으면 노력으로 치지도 않는 세상에서 내가 한 노력이란 노력의 니은조차 되지 않을 것이다.

고등학교 2학년이 끝나 가던 어느 날 문득 공부를 해야겠다는 생각이 들었다. 왜 그런 생각이 들었는지는 모르겠다. 바로 전날 컴퓨터 게임을 다섯 시간째 하다가 너무 재미가 없던 나머지 컴퓨터에 있는 게임을 몽땅 지워 버린 게 계기라면 계기였을 수 있겠다. 하여튼 그냥 공부를 해야겠다는 결심 같은 게 갑자기 생겼다. 아무도 시키지 않고, 아무도 부추기지 않았는데 덜컥 그렇게 됐다. 그 날은 지금까지도 인생에서 가장 미스터리한 순간이다.

상황은 좋지 않았다. 그때 성적은 그야말로 엉망진창이었는데, 대부분의 과목이 7, 8등급을 오갔다. 그나마 언어나 사회 탐구 영역을 조금 하는 수준이었고, 수학이나 영어는 중학교 1학년 수준도 채 되지 않는 처참한 상황이었다.

주위 환경이 호의적이었느냐 하면 그것도 아니었다. 나를 둘러싼 배경은 철저히 내게 비관적이었다. 엄마는 네가 노력해 봤자 뭘 할 수 있겠느냐, 수학 영어도 못하는 것이 대학 문턱이나 밟을 수 있겠나 같은 말들을 퍼부었다. 『수학의 정석』을 풀고 있는 내게 술을 진탕 마신 후 어차피 안 될 텐데 다 포기하고 공장이나 가라는 격려의 말을 해주기도 했다. 친구들도 얼추 비슷했다. 야 저 새끼 공부하네ㅋㅋ, 와 나도 열심히 해야겠네 쟤도 공부하는데ㅋㅋ 같은 교묘한 조롱을 몇 번 들었다. 기분은 당연히 좋지 않았다.

그러나 나는 비참한 상황을 어느 정도 추진력으로 치환하는 능력이 있었다. 어떻게 보면 상당히 변태 같은데, 사람들의 불신과 포기를 반전시키며 희열을 느끼는… 그런 타입의 인간이었다. 머리도 좋지 않았고 타고난 재능도 없다시피 했지만 정말 쓸모 있는 재능이 하나 있었다면 바로 무모한 수준의 오기, 악, 깡 같이 되도 안 한 것이었다. 술을 마시고 물건을 마구 던지는 엄마를 막는 것보다 난생 처음 보는 미적분 문제가 덜 난감하게 느껴졌다.

하지만 결심과 다짐, 정신력을 떠나서 큰 문제가 있었다. 공부를 하는 데에는 책과 공책, 샤프와 샤프심, 볼펜과 형광펜, 지우개와 화이트 같은 것들이 필요했다. 그것도 꽤 많이. 그때의 나는 홀로 돈을 벌고 있던 시기가 아니었고, 그건 엄마도 마찬가지였다. 최저생계비에서 돈을 조금씩 빼내어 『수학의 정석』과 『기초 영문법』을 샀다. 고등학교 교과서에는 사칙연산과 이항 혹은 1형식과 2형식 문장의 형태 같은 것을 전혀 설명해 주지 않았기 때문이다. 교과서만 보고 공부할 수 있는 학생은 교과서를 이해할 수 있는 학생이다. 이전부터 공부를 열심히 한 학생만이 교과서 위주로 공부했어요 따위의 말들을 할 수 있다는 사실을 그때 알았다.

공부할 장소 역시 문제였다. 그 무렵 주공 임대 아파트 단지가 공부하기 좋은 환경이 아니라는 것을 깨달았다. 내가 살던 12층 복도에는 하루에도 몇 번씩 싸우는 소리가 들렸다. 아파트 바로 옆에 위치해 있던 산에서는 알 수 없는 동물의 울음소리가 들렸고 근처 아파트의 공사 소리 역시 여지없이 아파트 사이사이를 통과해 귀로 들어왔다. 그나마 다행은 이어폰과 MP3가 있는 시대에 태어났다는 사실이었고 브라운아이드소울의 노래를 귀가 먹먹할 정도의 음량으로 들으면서 공부했다. 하지만 그 노래 소리가 소주를 병째 마시고 혼자 우는 엄마의 울음소리까지 막아 주지는 못했다.

어느 정도 시간이 지나자 더 효율적인 공부 방법이 필요했다. 학원은 빚과 동의어였고 메가 스터디나 이투스 같은 유료 인터넷 강의를 수강하는 것 역시 금액이 만만찮았다. 당시에는 단돈 1만 원조차 상당한 기회비용을 가졌다. 그래서 선택한 것은 바로 녹화된 유료 인터넷 강의, 소위 말하는 '둠강'이었다. 당연히 불법이었다.

나는 가장 유명한 인강 강사… 그냥 까놓고 이야기하면 삽자루 선생님 인강을 웹하드에서 불법으로 다운로드받아서 봤다. 교재만 인터넷 서점에서 구매했다. 물론 녹화된 지 1, 2년 정도가 지난 것들이었지만, 교육과정에는 큰 변화가 없었다. 신경 쓰이는 게 있었다면 워터마크를 지우기 위한 작은 검정 박스 정도였다.

불법으로 인강을 본 것이 떳떳해서 이런 이야기를 하는 건 아니다. 어떤 방법을 써서든 수리 영역 점수를 올리고 싶었고 그래서 잘못된 방법을 택했다. 아무리 삽자루 선생님이 강의 중에 돈이 없으면 둠강 받아 보라고 말했다지만 그런 말이 면죄부를 주진 못한다. 내가 할 수 있는 일이란 불법으로 얻은 인터넷 강의를, 죄의식과 함께 너덜너덜해질 정도로 씹어 먹는 것뿐이었다. 수학 점수는 무뎌지는 죄책감만큼 올라갔다. 만일 이 대목을 삽자루 선생님이 읽는다면 강의를 불법으로 다섯 번이나 돌려보며 점수를 올렸음에 한없이 죄송하고 감사하다는 말을 드리고 싶다. 봤던 만큼 돈도 지불하고 싶다. 진심이다.

온전히 내 편인 것이 있었다면 시간뿐이었다. 최소한 엄마는 내게 억지로 일할 것을 강요하지는 않았다. 아침 6시에 일어나 도보 15분 거리의 학교로 출발해서 수업이 모두 끝나면 친구들에게 식권을 빌려 저녁 식사를 때운 뒤 자습실에서 밤 11시까지 공부했다. 11시 30분쯤 집으로 돌아와 공부를 마무리하면 새벽 2시였고, 양팔을 허벅지 사이에 끼운 잠 잘 오는 자세로 잠이 들었다.

그렇게 꾸역꾸역 성적을 올리고, 어느새 수시 원서 접수할 무렵이었다. 나는 내 내신 점수가 평균 4.5등급이라는 것을 그때 알았다. 중학교 시절 성적은 더욱 허접했다. 슬럼프를 겪었다. 아무리 정석을 공부하고, 영어 단어를 외우고, 둠강을 받아 1.2배속으로 몇 번씩 돌려보더라도 바꿀 수 없는 것이 있다는 사실 때문에. 내

신은 절대 바꿀 수 없었다. 이미 흘러간 시간을 되돌릴 수 없듯 내신 점수 역시 마찬가지였다. 대부분의 수시 전형에서 내가 철저한 언더독Underdog임을 그제야 알게 됐다.

솔직히 억울했다. 물론 고3이 되기 전까지 학교 공부를 게을리 한 내 잘못이었지만, 내신이 정확히 뭔지, 나중에 어떤 영향을 미치는지 전혀 알지 못했다. 학력고사 세대이자 내 대입에 관심조차 없던 엄마는 더더욱 그랬다. 설명해 주는 사람도, 기관도 없었다. 대치동 학원에서 수십 명의 고학력 인턴들이 분석해대는 오늘날의 대입 제도는, 주공 임대 아파트에 단 둘이 살던 기초 생활 수급 대상 모자에게 너무나 멀었다. 내신의 중요성은커녕 내신이라는 단어의 뜻도 모르는 상황에서 대체 뭘 관리한다는 말인가?

누구도 왜 공부해야 하는지 어째서 높은 점수를 받아야 하는지를 설명해 주지 않았다. 내 학교생활에 관심도 없었던 엄마는 물론 학교 선생님도 마찬가지였다. 나는 12년의 초중고 생활 중 대부분의 기간을 문제아, 의지박약에 산만한 학생으로 취급받았고, 날 바라보는 어른들의 눈높이에 딱 맞게 행동했다. 학교가 끝나면 곧장 집으로 가 책을 읽거나 컴퓨터 게임을 했고, 방학 때는 아무 곳도 가지 않고 집에서만 지내며 놀았다. 내신은 내가 그렇게 무의미한 시간을 보내는 동안 학원을 다니며 과외를 받거나 방학이 되면 기숙 학원에 갔던 학생들의 것이었다.

수시 원서를 준비하면서, 의도치 않은 패배감에 계속 짓눌려야

여러분! 노력만이 살길입니다. 주변환경을 탓하지 마세요! 제아버지도 농부셨지만 저는성공했습니다.
성공하고 싶다면 잠을줄이세요 밥먹으면서도 책을보세요
남들하는만큼 해서성공을꿈꾼다면 그것은범죄입니다
아자아자 화이팅!!
모든건당신! 당신탓이란걸 잊지마세요
정말요?...

만 했다. 내가 만약 같은 기회를 얻었다면 어땠을까. 여유 있는 부모님을 만나 영어 조기교육을 받고 보습 학원을 다니고 대학 입시의 중요성과 내신 점수를 관리해야 하는 이유를 깨닫고 초등학교나 중학교부터 학급의 우수 학생으로 담임선생님의 관리를 받으면서 고등학교 3학년이 되었다면 어땠을까. 모르긴 몰라도 최소한 내신 점수는 지금보다 높았을 것이다. 일찍 노력하지 않은 것은 내잘못이었지만, 일찍 노력해야 하는 이유를 몰랐던 것은 수저의 잘못이었다.

한 건에 5, 6만 원 정도 하는 수시 원서 비용 역시 문제였다. 수시 원서는 최대 여섯 개까지 낼 수 있었지만 다섯 개를 냈다. 그나마도 엄마에게 조르고 조른 것이었다. 엄마는 수시 원서 비용을 내기 위해 돈을 빌려야 했다. 하필이면 서울에 있는 대학에 지원한 탓에 논술 시험을 보기 위해 직접 서울로 올라와야 했다. 엄마는 또돈을 빌렸고, 새벽 4시 무궁화호 입석을 타고 서울에 몇 번씩이나올라와 논술 시험을 치렀다. 그리고 모든 수시 지원에서 탈락했다.

결국 나는 정시로 대학에 갔다. 목표로 했던 대학은 아니었지만 1년 전에는 상상으로도 입학할 수 없었던 수준의 대학이었다. 그러나 서울로 올라온 후, 나는 캠퍼스 라이프를 유지하기 위해 캠퍼스 라이프를 포기해야 했다. 자취방 월세와 생활비를 충당하기 위해 편의점과 레스토랑, 목공소, 하수처리장 등을 전전했다. 강의실에 있는 시간을 제외하면 온전히 공부에만 집중할 수 있는 시간이 없었다. 새벽까지 일하고 돌아와 쓰러지듯 잠들었다 다음 날 오전에 있었던 전공과목 시험에 가지 못했을 때, 비로소 모든 의욕을 상실했다.

나는 내가 엄청나게 약해 빠진 인간이라는 것을 체감했다. 비참한 대학 생활을 어떻게든 극복하는 게 노력이라면 여태껏 내가 해온 것은 노력이라 할 수 없었다. 노력하기 어려운 상황을 토로할 때 나는 게을러터진 20대가 됐고, 몸과 마음이 힘들어 흘리는 땀과 눈물은 나약함의 상징이 됐다. 부모님이 마련해 준 학교 정문 앞 오피스텔에서 하루 10시간씩 공부하는 대학생들 앞에서 나는 대학생일 수 없었다. 학교에서 광역 버스를 타고 1시간 30분 떨어진 곳에 있었던 인천 구석의 작은 자취방은 옹졸한 박탈감마저 허락해 주지 않았기 때문에.

1만 시간의 법칙, 삼당사락, 꿈☆은 이루어진다, R=VD, 공부는 엉덩이로 하는 것, 참는 자에게 복이 온다, 진정한 노력은 배신하지 않는다, 미래는 지금 노력하는 자들의 것이다… 이 모든 말들이 참을 수 없이 무서워졌다. 노력에서 도망쳤다. 어차피 노력할 수 없었다. 사회가 요구하는 노력이란 내가 노력해서 할 수 있는 것이 아니었다. 노력하기 위해 노력하지 않기로 했다.

학창시절 같이 캐치볼을 했던 한 불알친구 P는 내게 이렇게 말했다. "그만큼 노력했으면 성공하는 건 당연한 거야." 친구에게는 미안하지만 성공이 당연할 만큼 노력한 적은 없었다. 단지 운이 억세게 좋았을 뿐이다. 노력에서 도망치다 우연히 로또 맞을 확률로 떨어진 기회에 올라탔을 뿐이다.

중학교 시절 P는 왼손잡이면서 딱딱한 야구공을 시속 120킬로미터 가까이 던졌다. 전문가에게 야구를 배워 본 적도 없었는데도 그랬다. 만약 P의 부모님이 P를 명문 야구부에 입단시킬 수 있는 경제적 능력이 있어 P가 선수 출신 코치에게 체계적인 교육을 받고, 철저한 몸 관리와 야구 공부로 좋은 경험을 많이 쌓을 수 있었다면 지금쯤 프로야구 선수가 됐을지도 모른다. 그러나 P의 집안 사정은 나보다 조금 좋은 정도였고, P의 부모님은 P의 재능을 살리는 데 큰 관심이 없었다.

흙수저로 태어났지만 사회적으로 크게 성공한 사람도 분명 있다. 그 성공담들을 예시로 들며, 수많은 흙수저에게 더 노력하라는 말로 희망을 주었다고 생각할지 모른다. 그러나 노력이라는 말의 무게는 가볍지 않다. 태생적으로 불리한 사람들은 대부분 누구나 노력만 하면 되는 사회에서 당연하게 패배자가 된다. 이유는 간단하다. 노력하지 않았으니까. 패배자들은 곧 패배를 내재화한다. 내가 지금 비참한 것은 모두 과거에 노력하지 않았기 때문이야, 노력했다면 얼마든지 다른 사람처럼 이룰 수 있었을 거야 등등.

타고난 환경 때문에 노력할 기회조차 별로 주어지지 않았고 내 인생의 방향을 스스로 선택할 수 없었다는 걸 인정하기는 어렵다. 지금 내가 사는 삶이 나름의 가치가 있다고 말하고 싶으니까. 자신의 삶에서 티끌만큼의 가치라도 찾고자 하는 것이 인간이니까. 그래서 시스템을 욕하는 다른 패배자들을 보며 가장 비참한 방식으로 자존심을 회복한다. 그래도 난 쟤들처럼 남 탓은 안 한다고. 우리 사회는 너무나 쉽게 패배자들을 길들이는 데 성공했다.

힘들고 괴로워서 울고 있는 사람에게, 노력하라는 말은 가장 간단하고, 간단한 만큼 잔인하다. 당신은 잘못한 것이 없고 이 모든 게 사회와 구조의 잘못이라는 주장을 펼치는 게 아니다. 당신이 불리한 상황에 있다면 그걸 극복하고도 남을 만큼 더 큰 노력을 하라는 이야길 하려는 것도 아니다. 그저 당신이 이룬 것이 없다고 해서, 아무 노력도 하지 않은 건 아니라는 말을 해 주고 싶다.

아무런 도움도 안 되는 이런 말을 하는 이유는 손톱만큼의 위로라도 되길 바라기 때문이다. 내게는 아무도 이런 말을 해 주지 않았으니까. 죽을 만큼 노력해 봤느냐고? 아니다. 대신 닥치는 대로 쓰고 싶은 글을 썼다. 결과는… 보이는 대로다.

CHAPTER 3

노예의
정서

눈치
눈치 없이
살아가는 방식

눈치를 보지 않으려면
눈치를 보게 하는 사람이 되면 된다.

눈치 없는 놈. 어릴 적부터 지겹도록 들어왔던 말이다. 엄마, 학교 선생님과 동네 아저씨, 아줌마까지. 눈치라는 말이 정확히 무슨 뜻인지도 잘 몰랐던 그때도 기분 나쁜 말이라는 건 알았다. 더 상처가 되는 건 다음에 이어지는 말들이었다. 됐다, 내가 너한테 뭘 기대하겠니? 이렇게 생긴 상처는 아물어도 흉터가 남는다. 꾹 누르면 통증도 느껴진다. 아마 평생 그럴 것이다.

눈치라는 게 뭘까? 지금도 잘 모르겠다. 눈치라는 게 무엇인지를 아는 것도 눈치껏 알아야 하는 것이라면 나는 그냥 눈치 없는 사람일 것이다. 불과 얼마 전까지만 해도 눈치 있는 사람이 되고 싶어서 나름대로 최선을 다해 노력했다. 눈치라는 게 정확히 뭔지도 모르면서 왜 다른 사람은 다 있는 눈치가 내게는 없는지 고민했다. 왜 나는 뭘 해도 어색하고 자신감이 없을까. 역설적이게도 눈치 있는 사람이 되기 위해 했던 이 고민들은 날 더더욱 눈치 없게 만들었다. 눈치라는 건 그랬다. 정말이지 엿 같은 개념이다.

예컨대 눈치는 히든스탯HiddenStat 같은 것이다. RPG 게임에서는 레벨이 오르면 자연스럽게 올라가는 스탯Stat(능력치)이 있고, 스탯 분배 포인트를 받아 직접 분배 방식을 선택하는 스탯이 있는데, 이 두 가지에 속하지 않아 아무리 레벨을 올리고 사냥을 하고 퀘스트를 깨도 캐릭터 생성 때 결정된 수치에서 크게 영향을 미칠 수 없는 스탯이 히든스탯이다. 눈치라는 건 얼마나 열심히 노력하든 내 것이 될 수 없었다. 나는 천성적으로 눈치가 없는 인간으로 태어났다. RPG 캐릭터와 나의 차이는 캐릭터 삭제 후 재생성이 가능 하느냐 아니냐의 차이였다.

눈치라는 게 어느 정도 정형화되어 있는 개념이라면 공부를 해서라도 배웠겠지만, 살면서 만나 온 사람들마다 이야기하고 요구하는 눈치들은 모두 제각각이었다. 엄마는 내게 '무슨 담배를 사오라고 하지 않아도 알아서 엄마가 피우는 담배를 사오는 것'을 눈치라고 말했다. 학교 선생님은 '점심시간 직전에 손들고 질문하지 않는 것'을 눈치라고 말했다. 동네 아저씨는 '지폐를 동전으로 바꾸려면 과자 하나라도 사야 하는 것'을 눈치라고 말했고, 아줌마는 '식당에서 음식이 맛없다고 크게 이야기하지 않는 것'이 눈치라고 말했다. 당최 어느 장단에 맞춰야 할지 알 수 없었다. 사실 아직도 그렇다.

나는 눈치에 소질 자체가 없었다. 감정은 조절할 수 없이 얼굴에 드러났고, 긴장을 하면 식은땀이 나고 배가 아팠다. 눈치 없는 나 같은 사람의 최대 목표는 기여하는 것이 아니라 방해되지 않는

것이다. 쭈뼛쭈뼛 움직이면서 걸리적거리지 않는 것, 더듬더듬 거리면서 다른 사람들과 비슷한 말을 하는 것, 흐름을 끊지 않는 것, 사람들 눈에 띄지 않는 것, 주인공이 아니라 배경처럼 움직일 것.

반대로 눈치가 빠른 사람들을 보면 항상 놀랍다. 어떻게 저 상황에서 저렇게 행동하지? 어떻게 저런 곤란한 말을 잘 받아치지? 어떻게 이런 상황에 맞는 옷을 잘 입고 나올 수 있지? 어떻게 저렇게 자연스럽게 말하고 행동할 수 있지?

반면 내가 차릴 수 있는 최선의 눈치는 눈치 빠른 사람들을 동경하고 따라가는 것 정도다. 비참했지만 어쩔 수 없었다. 눈치 없이 태어났지만 눈치 없는 사람으로 취급받기 싫었고, 눈치 없다는 말을 너무나 두려워하고 있었다.

눈치를 보려 노력한 이유는 그저 도태되기 싫어서였다. 가진 것도 없으면서 눈치까지 없으면 어떻게 세상을 살까 싶어 다른 사람들에게 조금이라도 잘 보이려고 안간힘을 썼다. 미움 받지 않으면서도 약삭빠르게 내 것을 챙길 줄 아는 사람이 되고 싶었을 뿐이다. 그래야 손해를 안 보고 살 수 있을 것 같으니까. 속는 사람보다는 속이는 사람이 되고 싶었다. 그러나 나는 대체로 속는 사람이었고, 남을 속이는 건 매번 티가 났다. 대책도 없이 일을 시작하곤 마무리는 늘 허접했다.

그래도 꽤 많이 노력했다. 어른들이 말하는 눈치라는 것을 최대한 기억해 놓으려고 애썼고 실천하기도 했다. 조금 우습게 느껴질지는 모르겠지만 '~할 땐 꼭 ~하기'라고, 빈 공책에다가 일일이 필기를 하며 영단어처럼 외우려 든 적도 있었다. 그런데 눈치란 그렇게 해서 느는 것이 아니었고, 나는 외운 것만 기억하다 미처 몰랐던 부분에서 꼭 한 번씩 실수를 했다. 엄마는 없는 눈치가 노력한다고 생기겠느냐며 아무렇지 않게 핀잔을 줬다. 화가 났다. 그게 맞는 말인 것 같아서.

대학에 가면 뭔가 달라질까 생각한 적도 있었다. 아니었다. 나는 어떤 상황에 처하든 이상하리만큼 불리했고, 그래서 이상하리만큼 눈치를 봤다. 아무도 시키지 않는데 허리를 꺾어 술을 마시고 식당에 가면 컵을 정리해 물을 따르고 수저를 세팅했다. 술잔이 비워지기 무섭게 공손히 술을 채워 넣었고 좋아하지도 않는 소주를 남들도 마시니까 억지로 마셨다.

눈치를 보는 스스로 때문에 불행했다. 괜히 눈치를 보는 것인지 아니면 주위환경이 눈치를 보도록 만들었는지 명확한 답조차 없었다. 해결할 수 없는 의문과 답답함은 또다시 눈치를 보게 하고 그 뒤에는 반복뿐이었다.

왜 항상 눈치를 봐야 했을까? 항상 다른 사람의 눈치를 보며 다니면서도, 스스로에게 그런 질문은 일찍이 한 적이 없었다. 왜 엄마가 피우는 담배를 기억해야 하고 궁금한 것을 참아야 하고 사기도 싫은 물건을 사면서까지 돈을 바꿔야 하는지. 왜 음식을 맛없다고 해선 안 되고 술잔이 비기 무섭게 두 손으로 잔을 채워야 하고 식당에 가면 내가 먼저 수저를 인원수만큼 꺼내 냅킨과 함께 세팅해야 하는지. 굴복과 눈치는 다른 이름이지만 의미가 다르진 않다. 적어도 내게 요구됐던 눈치들만으로 보면 확실히 그랬다.

눈치를 강요한 어른들은 모두 날 아랫사람 취급했다. 나는 대단한 존재가 아니었기 때문이다. 가진 것 없고, 그렇다고 능력이나 재능도 없고, 나이도 어리며 힘도 약한 그런 존재. 생각해 보면 눈치를 봐야 했던 이유는 내가 별 볼 일 없는 사람이었고 그들이 나를 별 볼 일 없는 사람으로 만들었기 때문이다.

그래서 나는 스스로를 별 볼 일 없는 사람으로 생각하게 됐다. 나는 어딜 가든 별 볼 일 없었다. 그래서 고개를 숙이고 눈치를 봤다. 나 때문에 다른 사람들의 심기가 조금이라도 상할까 봐 노심초사하면서.

세상은 항상 뭔가를 중심으로 돌아갔다. 달은 지구를 중심으로, 지구는 태양을 중심으로, 태양은 은하를 중심으로. 나는 천체로 치면 소행성, 아니 우주의 티끌이나 먼지와도 같다. 내게 주어진 운명은 쳐다보기도 힘든 별들의 중력에 이끌려 하염없이 빙글빙글 돌다가 언젠가 닥칠 우주의 멸망을 받아들이는 것뿐이다. 세상은 날 중심으로 움직인다는 터무니없는 생각을 잠시나마 할 수 있는 사람들이 부러워 미칠 지경이었다. 먼지나 티끌이라고 해서, 스스로 빛을 내고 싶은 마음이 전혀 없어야 하는 것은 아니다. 만약 그렇다면 그렇게 믿고 싶을 뿐이다. 불가능이 보장된 믿음은 지속될수록 날 깎아 먹으니까. 당연한 생존 전략이다.

도서 전문 칼럼에서 나왔다는 인터뷰어는 시종일관 내게 깍듯했다. 나는 내 이야기를 공개적으로 하는 것에 부담이 없지만, 굳이 인터뷰가 쉽지 않은 이유를 고르라 하면 이런 부분이다. 나를 인터뷰하러 온 사람들, 언론사 기자나 칼럼니스트 혹은 전문 인터뷰어들은 대체로 내 눈치를 보는 기색이 역력하다.

인터뷰어는 내가 아메리카노를 고르자 더 비싼 걸 먹어도 된다고 이야기하며 나와 같은 아메리카노를 주문했다. 다른 것, 아마도 더 가격대가 있는 걸 마시고 싶었던 것 같은데 내가 하필이면 가장 저렴한 음료를 골라 그걸 가격 상한선으로 잡아 버린 모양이었다. 아직 인턴십 기간이라 법인 카드를 함부로 쓸 수 있는 처지가 아니라고 말하긴 했지만, 언론사에 인터뷰하는 작가보다 비싼 음료를 마시지 말라는 유치한 규칙이 있을 리 만무하므로 어디까지나 눈치의 영역일 것이다. 왠지 미안한 기분이 들었다.

주문을 끝내고 자리에 앉아 인터뷰어가 서류를 정리하고 있을 때, 진동벨이 울렸다. 앉아서 별로 하는 일도 없어 직접 일어나 커피 두 잔을 자리로 가져왔다. 매우 간단한 일이었지만 나의 행동에 인터뷰어는 자신이 음료를 가져왔어야 한다며 몹시 당황스러워 했다.

동공이 흔들리는 게 눈에 보일 정도로 당황하는 인터뷰어 때문에 나도 당황스러웠다. 상대방이 바쁜 동안 커피를 가져오는 것 정도는 누구나 할 수 있는 일이고, 죄송할 일도 아니다. 내가 단지 인터뷰를 받는 작가이고 상대가 질문하는 직원이라 해서 그게 상하 관계는 아니지 않은가. 결국 인터뷰는 잘 마무리가 됐다.

아직도 익숙하지가 않다. 내가 어떻게 책을 썼고 스스로 어떻게 생각하든 간에 대외적으로 나는 작가 취급을 받는다. 기분이 절대 나쁘지는 않지만 아직 익숙한 호칭도 아니다. 오히려 조금 부끄럽기도 하다. 훨씬 훌륭한 글을 쓰고 진중한 자세로 글을 대하는 사람도 스스로 작가라 이야기하지 못하는데. 자의식 과잉과 대외적 자기소개의 편의 사이에서 고민하게 된 지도 꽤 오래됐다. 이런 문제들은 늘 그렇듯 정해진 답도 없다.

작가라는 호칭으로 불리면서, 나는 알아서 눈치를 보는 사람에서 대개 눈치를 봐야 하는 사람이 되었다. 작가의 호칭보다도 더 부담스러운 건 이쪽이다. 아무 생각 없는 눈빛과 말투, 행동에 눈치를 보는 사람들. 내게 알아서 물을 따라 주고 잔을 채워 주고 수저를 놔주는 사람들에게 괜찮다고 말했다. 그런데 몇몇 사람들은 괜찮다고 말하는 것에도 눈치를 보는 것 같았다. 내가 몇 년 전까지 그랬던 것처럼.

누구든 세상이 내 마음대로 움직여 주기를 원한다. 그걸 눈치로 객관화시키고, 타인에게 강요할 뿐이다. 잘 모르는 사람에게 왜 그렇게 눈치가 없냐는 말은 폭력이나 다름없다. 내 삶을 다른 사람이 온전히 이해할 수 있을 리 없고, 내 방식을 상대가 속속들이 알고 있을 리도 없다. 나는 눈치 없는 사람으로 태어났고, 사실을 거부하고 싶지도 않다. 눈치 없는 말과 행동은 그냥 내 일부다.

정품
나는 열심히 벌어
양심을 사기로 했다

게임을 하고 싶은데 돈이 없으면 불법 다운로드를 받으면 된다.

정품은 정식으로 인정되어 소비자가 정당한 가격을 지불하고 품질과 성능을 보장하는 제품이다. 정품을 구매하면 제품에 대한 사용 권리를 부여받고 하자나 문제가 생겼을 때 정식으로 점검을 요청할 수 있다. 제품을 엄격히 판단하고 평가할 수 있는 자격이 생긴다는 것 역시 혜택이다. 정품을 쓰지 않아서 좋은 점은 돈이 안 들거나 덜 든다는 것뿐이다.

정정당당하게 살고 싶지 않은 사람이 얼마나 될까? 뭐 정말 범법 행위를 즐기는 사이코패스나 일탈 행위에서 쾌감을 느끼는 변태라면 모르겠지만 일반인 중에서 정식, 정규, 정정당당, 합법적 같은 단어들에 거부감을 느끼는 사람은 많지 않을 것이다. 사서 쓰는 건 가장 정당한 방법인 동시에 가장 속편한 방법이기도 하다. 한편 불법은 대체로 복잡한 방법과 극도의 스트레스를 동반한다. 어둠의 루트로 뭘 하려면 일단 어느 정도 시간 투자는 깔아 놓고 시작해야 한다. 이런 희생을 감수하는 이유는 간단하다. 돈이 아까우니까.

세상에 정문으로 들어가고 싶지 않은 사람이 어디 있겠는가. 몰래 뒷문으로 들어가거나 담을 타넘어서 들어가려는 것은 죄다 뒤가 켕기는 것이 있기 때문이다. 나 역시 마찬가지다. 정정당당하고 싶지 않아서 일부러 틀린 방법을 취한 것은 아니었다. 그냥 내가 처한 상황이 합법적이기에는 너무 불리했을 뿐이다. 이게 변명이나 핑계로 들린다면 순순히 인정하는 편이 빠를 것 같다.

이전까지 내가 쓰던 PC의 운영체제는 다 불법 다운로드한 것이었다. 심지어 고등학생이 될 때까지 윈도우가 유료라는 사실도 전혀 모르고 있었다. 그동안 썼던 컴퓨터에는 하나같이 자연스럽게 윈도우가 다 깔려 있었으니 설치 파일이 든 CD를 사 아무것도 깔지 않은 하드에 설치해서 쓰는 게 윈도우라는 걸 한참 뒤에야 깨달았다. 그 윈도우가 10만 원이 넘는다는 것을 안 것도 아주 오래된 일은 아니다.

이 놀라운 사실을 어떻게 알게 됐냐면 언젠가 집에서 쓰던 컴퓨터가 고장 난 적이 있었다. 구린 컴퓨터에 게임이나 야동을 엄청 깔아서 그랬던 것 같다. 컴퓨터는 점점 느려지다 부팅이 되지 않았다. 컴퓨터로 게임하고 인터넷 할 줄이나 알았지 고치는 방법은 전혀 몰랐기 때문에 친구에게 전화를 걸어 해결 방법을 묻기로 했다. 애프터서비스AS를 부를 생각은 하지 못했다. 애초에 어디서 구매한 컴퓨터도 아니었으니.

컴퓨터를 오래 만진 친구는 그냥 포맷하는 게 답이라는 명쾌한 답변을 줬다. 하드 안의 소중한 게임과 컬렉션을 깡그리 무시한 채 대충 대답한 것이었지만, 부팅도 안 되는 상황에서 포맷 이상으로 획기적인 방법을 찾을 수도 없었다. 그래서 친구에게 포맷은 어떻게 하는지 물었는데, 친구의 대답이 아주 잔인했다. "윈도우 살 때 복원 CD 안 줬냐? 그거 넣으면 알아서 다 나와."

나는 윈도우를 산 적이 없었고, 컴퓨터도 마찬가지였다. 집에는 공CD나 옛날 게임 CD 정도가 있었을 뿐 복원 CD라는 건 존재하지 않았다. 집에 복원 CD 같은 게 없다고 하자 친구는 내 컴퓨터는 불법으로 윈도우를 설치한 것이고 그 상태에서는 정식으로 AS를 받을 수 없으니 동네 컴퓨터 수리점에 맡기든가 해야 한다고 말했다. 성의 있는 답변이었지만 정말 뜬금없는 장소에서 난생 처음 범법자가 된 기분을 느꼈다. 갑자기 가슴이 두근두근 뛰었다. 경찰 아저씨가 잡아가는 거 아닐까?

결국 컴퓨터를 고치긴 고쳤는데, 그 과정이 영 깔끔하진 않았다. 동네 컴퓨터 수리점 아저씨는 유성 사인펜으로 '복원'이라고 대충 휘갈겨진 CD를 하나 들고 컴퓨터를 포맷하곤 출장비로 3만 원을 받아 갔다. 나는 엄마에게 한 번 더 컴퓨터를 고장 내서 돈이 나가면 종아리를 처맞기로 한다는 약속을 했다. 그리고 불과 5개월 뒤 실제로 종아리를 처맞게 됐다. 아무리 가족이라도 약속을 함부로 해선 안 된다는 깨달음을 얻을 수 있었다.

나는 정말 게임을 사랑하지만, 게임을 직접 사서 플레이하기 시작한 건 부끄럽게도 불과 2, 3년 전의 일이다. 그전까지는 전부 웹하드나 토렌트로 다운받았다. 고소각이 두려워 내가 한 게임들을 일일이 나열하지는 않겠지만 불법으로 게임을 즐겼다. 말로는 게임을 좋아하고 게임 문화를 존중한다고 말하면서, 뒤로는 돈 한 푼 내지 않으며 게임을 했다. 정말로 돈이 없었기 때문이다.

어느 날 친구들과 온라인상으로 〈스타크래프트〉를 같이 하기로 했다. 마침 집에 〈스타크래프트〉는 깔려 있었고, 우리는 Asia 서버에서 만나기로 했는데, 게임을 켜 보니 서버 목록에 Asia라는 건 보이지 않았다. Asia 서버는 정품 유저들만 접속할 수 있는 서버였는데, 내 컴퓨터에 깔린 〈스타크래프트〉는 립버전, 쉽게 말해 불법으로 받은 버전이었기 때문이다. 결국 PC방에 가서야 친구들과 게임을 할 수 있었다. 역시 가슴 아픈 경험이다.

누구나 어릴 적 게임기에 대한 환상이 있었을 것이다. 나는 특히 닌텐도에 제대로 꽂혔는데, 그 중에서도 '게임보이 어드밴스GBA'가 너무 갖고 싶었다. 당시 게임보이로 할 수 있는 대표적인 게임은 〈포켓몬스터 시리즈〉, 〈악마성 시리즈〉, 〈별의 커비〉 같은 것들이었는데 구라가 아니고 정말 미친 듯이 하고 싶어서 문방구에서 게임기를 몰래 훔칠 생각까지 한 적이 있다. 물론 쫄보라서 실제 행동으로 옮기진 못했다. 그나마 겁이 많아서 다행인 부분이다.

그때 알게 된 것이 바로 에뮬레이터였다. 컴퓨터로 GBA 게임을 돌릴 수 있는 툴 같은 거였는데, 파일만 구하면 얼마든지 원하는 게임을 플레이할 수 있었다. 양심의 가책 같은 건 전혀 느끼지 못했다. 마냥 재미있기만 했다. 부끄럽지만 다른 사람들도 다 에뮬레이터로 게임을 하는데 내가 왜 죄책감을 느껴야 하는지 몰랐고, 그 생각이 내가 하는 게임들을 몽땅 가치 없는 것으로 만들어 버린다는 걸 몰랐다.

시간이 지나 GBA로 하는 게임에 질릴 쯤 '닌텐도 DS'가 출시됐다. 세계 최초 듀얼 터치스크린 게임기였다. 닌텐도 DS는 한 대에 12만 원이었고 우리 집은 여전히 게임기를 살 수 있는 능력이 없었다. DS가 갖고 싶어서 꿈에서도 나올 지경이었지만 불가능하다는 걸 누구보다 잘 알고 있었다. 막말로 게임기만 사서 뭐 하나. 게임팩도 같이 사야 게임을 돌리든가 하는 건데. 지레 포기하고 있던 순간 한 줄기 빛이 내렸다. DS게임을 돌릴 수 있는 에뮬레이터가 나온 것이다.

돈 안 내고 게임을 하려는 인간들의 오기란 얼마나 무서운가? 그런 에뮬레이터 만들 시간에 그냥 돈을 벌어서 게임기를 사는 게 빨랐을 텐데. 하여튼 나는 또다시 공짜로 게임을 했다. DS게임은 GBA 게임에 비해 고사양이라 멈추거나 화면이 깨지곤 했지만, 단지 게임을 돌릴 수 있다는 것만으로도 감격스러웠다. 닌텐도가 날 고소하지 않았으면 좋겠다. 원고를 다 끝내면 3DS XL을 사서 페이스 북이나 인스타그램으로 리뷰할 계획도 있다. 진짜다.

사실 에뮬레이터로 게임을 돌리면서 불편한 점도 굉장히 많았다. 실제 게임기가 아니기 때문에 음성인식 같은 기능은 전혀 쓸수가 없어서(헤드폰 끼고 하면 된다고 하는데 난 헤드폰이 없었다.) 반드시 음성인식이 필요한 구간에서 넘어가지 못하다 게임 진행을 포기한 적도 있다. 열심히 해서 남긴 세이브 파일은 툭하면 지워지기 일쑤였다. 나라고 해서 불법으로 게임을 하고 싶지는 않았다. 게임기 살 돈이 없었던 내가 게임을 하기 위해선 그런 선택지밖에 없었을 뿐이다. 이 부분을 읽으면서 속으로 '돈이 없으면 게임할 생각도 하지 말아야지!'라고 한다면 반박할 수 있는 말이 없다. 그냥 그렇게라도 게임을 하고 싶었다. 합법적일 수 있는 여유가 있었다면 당연히 합법적으로 했을 것이다. 비겁한 변명으로 들릴 수도 있겠지만 진심이다. 돈 안 내고 게임을 했던 게 정말 부끄럽다.

처음으로 만들었던 페이스 북 페이지 〈미제 사건 갤러리〉는 거의 최초로 카드 뉴스 형태의 콘텐츠를 연재한 곳이었다. 평면적으로 쓰던 글들을 페이스 북 안에서 넘기며 쉽게 소비할 수 있도록 하려는 의도로 이미지 위에 글을 옮긴 형태의 콘텐츠를 생산하기 시작했다. 이때 썼던 툴은 〈포토샵 7.0 한글판〉인데 불법 다운로드 받은 소프트웨어였다. 〈포토샵〉 가격은 수십만 원에 달한다. 개인 프리랜서에서 사진관 주인이나 포토그래퍼까지 〈포토샵〉 사용자는 엄청나게 많은데 그 사람들이 모두 수십만 원씩 주고 사서 쓰지는 않는다. 물론 여유가 생긴 지금에는 최신 버전인 〈포토샵 CC〉를 매월 돈을 지불하며 쓰고 있다. 콘텐츠로 돈을 버는 사람이 불법적인 툴로 콘텐츠를 만든다는 게 말이 안 된다고 느껴져서.

사실 〈한컴 오피스〉나 〈MS 오피스〉 같은 것들도 다 유료 소프트웨어지만, 대개는 무료로 쓰는 쪽이 익숙하다. 그냥 돈 안내고 쓰는 게 일상이 됐기 때문이다. 무엇보다 사람들은 컴퓨터 속에서 이루어지는 서비스들, 소프트웨어 같은 것들을 평가 절하하는 경향이 있다. 현실에서는 아무리 싸구려로 보이는 신발이라도, 동대문 시장에서 5000원이라도 주고 직접 사서 신어야 한다는 개념이 잡혀 있다. 신발은 눈에 실제로 보이고 만질 수도 있기 때문이다. 소프트웨어는 아니다. 몇만 원이나 되는 돈을 들여 봤자 컴퓨터에 둥둥 떠다닐 뿐이다. 무단 복제도 가능하고 시간을 들이면 얼마든지 불법적인 루트를 찾을 수 있다. 상황이 이러니 직접 사서 쓰는 사람을 바보 취급하는 현상이 이해하기 어려운 것도 아니다.

그러나 소프트웨어 역시 신발이나 옷처럼 제작자의 에너지와 아이디어, 노력이 결합된 창작물이다. 그런 창작물에 정당한 가격을 지불하고 구매하거나 사용하는 것은 지극히 옳다. 돈을 주고 사서 쓰는 게 당연하지, 몰래 어둠의 경로로 다운받아 쓰는 건 당연하지 않다. 어기는 사람이 많다고 무시해도 좋은 원칙은 없다. 돈을 내지 않고 쓰는 유료 소프트웨어가 하나라도 있다면 범법자고, 여태껏 괜찮았던 건 아직 고소를 당하지 않았기 때문이다.

현대사회에서 합법적으로 살기 위해선 적잖은 비용이 필요하다. 컴퓨터를 쓰지 않는 사람이 얼마나 되겠으며, 그중 윈도우를 쓰지 않은 사람이 얼마나 되고, 그중 〈한컴 오피스〉나 〈MS 오피스〉를 쓰지 않는 사람과 〈포토샵〉을 쓰지 않는 사람이 얼마나 되겠는가. 사회가 요구하는 일을 다 해내려면 소프트웨어가 필수적인데. 합법적이기 위해서 우리는 얼마나 많은 비용을 지불해야 할까?

얼마 전 구매한 윈도우 10에 문제가 생겨서 고객 센터에 전화했다. 잘 쓰다 어느 순간부터 시작 버튼이 먹통이 됐다. 상담원은 윈도우 10을 구매할 당시 받았던 제품키를 불러 달라고 요청했고, 나는 제품키를 그대로 불러 줬다. 돈 주고 샀기 때문이다. 아주 정정당당하게 웹 스토어에서 직접.

상담원은 제품키 번호를 확인한 후 마이크로소프트의 전문 엔지니어에게 전화를 넘겨줬다. 엔지니어는 내 컴퓨터를 원격 조작해 원하는 조치를 다 취해 줬고, 시작 버튼도 원래대로 돌아왔다. 윈도우 계정 설정에 문제가 생긴 거라고 했다. 엔지니어는 처음부터 끝까지 친절한 말투로 AS를 진행해 줬고, 중간에 자리를 비워야 했을 때는 얼마든지 다녀오도록 배려해 주기도 했다. 난생 그런 경험은 또 처음이었다. 정품 소프트웨어를 샀다는 것이 그렇게 다행스러운 일이 될 줄 누가 알았겠는가. 다 알았어도 나는 몰랐다.

지금 내 컴퓨터에 깔린 툴은 모두 합법적으로 설치된 것이다. 운영체제는 물론 〈한컴 오피스 NEO〉, 〈엑셀〉, 〈파워포인트〉를 포함한 〈MS 오피스〉와 클라우드 서비스인 드롭 박스, 어도비 크리에이티브 클라우드를 통해 돌리는 〈포토샵〉과 컴퓨터 보안을 책임지는 러시아제 백신 〈카스퍼스키〉까지 모두 돈을 주고 이용하는 것들이다. 이유는 딴 거 없다. 돈 주고 쓰는 게 당연하다.

게임 역시 마찬가지다. 최근에는 블리자드에서 출시한 FPS 게임 〈오버 워치〉를 4만 5000원 주고 결제해 아주 잘 하고 있다. 원래 FPS는 관심이 없었는데, 간편한 인터페이스에 개성 있는 그래픽과 시스템이 매력적이라 계속 하게 된다. 이것도 조만간 리뷰할 생각이다. 내 생각에는 〈오버 워치〉가 조만간 PC방 점유율의 최고 강자로 떠오를 것 같다.

나의 가치를 인정받으려면 먼저 내가 다른 가치를 인정할 수 있어야 한다. 나는 내 글에 가치를 부여하고 인정해 주는 사람들 덕분에 이제 합법적인 삶을 살고 있다. 뭐든지 필요하다면 돈을 주고 결제하고, 정당한 방식으로 이용한다. 모두의 글이 가치 있는 콘텐츠로 인정받을 수 있기를, 지극히 합법적인 방식으로 떳떳하게 원하는 형태로 살아갈 수 있기를 바란다. 가진 게 없어 어쩔 수 없이 불법적인 방식을 쓰는 것이 이해는 받을 수 있을지언정 결코 옳은 일이 될 순 없다. 어쩔 수 없었던 선택에 대해서도 부끄러워하고, 창피할 줄 아는 사람과 사회가 되었으면 좋겠다. 그래서 언젠가 정식, 정품으로 사는 것이 가장 편하고 당연한 세상이 되었으면 좋겠다. 없이 태어났다고 존재가 불법인 것은 아니기 때문에.

야구 글러브
찢어진 멘탈과
정신승리

합성 피혁 글러브는 잘 찢어지므로
소가죽 글러브를 사는 게 좋다.

초등학교를 다니던 때의 일. 나는 웬일인지 해가 진 초등학교 운동 장을 책가방 하나 메고 하릴없이 돌아다니다 작고 둥근 공 하나를 주웠다. 흙이 조금 묻은 고무공이었다. 흙을 털고 옷으로 공을 쓱 쓱 닦았다. 금방 쓸 만한 물건처럼 보였다. 나는 혼자서 그 공을 벽 에다 던지면서 놀았다. 밤까지 근무하던 수위 할아버지가 뛰쳐나 올 때까지 공을 던졌다. 왜 그랬는지는 모르겠다. 그냥 공이 던지 고 싶게 생겨서 그랬다. 그 공이 하나에 700원 하는 고무제 연식 구라는 걸 안 건 그로부터 일주일 뒤였다.

　내가 살던 주택 공사 임대 아파트 단지 인근에는 상가가 하나 있었다. 내가 이사 갈 때만 하더라도 조금 큰 슈퍼마켓 하나와 세 탁소, 수선실과 만화 대여점이 들어차 있었는데, 다 망하고 빈 상 태로 남아 있다 최근에는 엄청 큰 브랜드 마트가 하나 들어왔다는 이야기를 들었다. 뭐 이게 중요한 이야기는 아니고 나는 그 상가에 서 만화책을 빌려 보는 걸 좋아했다. 만화 싫어하는 아이가 얼마나 있겠느냐만 내가 만화에 빠져 살게 된 이유는 무엇보다 만화책 빌려 보기가 엄마가 지원할 수 있는 거의 유일한 문화생활이었기 때문이다. 한 권에 200원이면 사흘을 볼 수 있으니 가성비 하나는 정말 죽여줬다.

엄마는 『명탐정 코난』이나 『소년 탐정 김전일』 같은 추리 만화를 좋아했고, 나는 『드래곤 볼』, 『슬램덩크』 같은 소년 만화를 좋아했다. 당연한 거 아닌가? 소년이 소년 만화를 좋아한다는 건. 어쨌든 어떤 만화책이든 빌리면 꾸역꾸역 읽었다. 집에는 책이 별로 없었고, 집에 있는 책은 이미 두어 번은 읽었으니까. 엄마가 만화책이나 빌려오라며 1000원짜리 몇 장을 주면 읽고 싶은 게 있든 없든 간에 닥치는 대로 많이 빌려 오는 것이 내 임무였다. 일단 빌리면 다 읽으니까. 그때까지만 해도 나에게 시간은 너무 많아서 매일 때워 먹기 급급한 것이었다.

그래서 한번은 『MAJOR』라는 만화책을 재미있어 보인다는 이유로 다섯 권이나 빌려와 읽기 시작했는데, 막상 펼쳐 보니 야구 만화였다. 야구 룰도 모르는데 야구 만화를 빌렸다. 표지도 제대로 안 보고 빌려오는 습관이 불러온 기행이었다. 그래도 다섯 권이나 빌렸는데 안 읽는 것도 아깝다 싶어 닥치는 대로 읽기 시작했다. 빌려 놓고 안 읽는 만화책이 있다는 사실을 엄마가 알면 다시는 만화책 빌릴 돈을 못 받을 수 있다는 두려움 때문이기도 했다.

『MAJOR』의 내용은 아주 간단명료하다. 그냥 야구 소년이 온갖 시련 역경을 이겨내고 메이저리그에 진출해 크게 성공한다는 뻔한 내용이다. 아다치 미츠루의 『H2』, 『크로스 게임』 같은 야구 만화에 비하면 매우 소년스러운 요소가 많다. 그러나 나를 가장 크게 매료시킨 『MAJOR』의 요소는 극 초반 주인공이 매우 불우하다는 점이었다.

우리의 주인공 고로는 시작부터 엄마가 없다. 아빠는 2군을 전전하는 그저 그런 선수였는데, 타자로 전향해 잘나간다 싶더니 라이벌 팀의 초강력 투수 용병에게 데드볼을 맞고 엄마 곁으로 가버린다. 결국 아빠가 죽기 전 새로 사귄 애인이었던 고로네 유치원 선생님에게 맡겨져 성장하는 주인공. 소년 만화치고는 상당히 도전적인 스타트였다. 꼭 주인공 엄마 아빠를 다 죽일 필요가 있었나 하는 생각이 들긴 하지만.

어쨌든 그런 상황에서 야구 하나로 인생의 승리자가 되어 가는 고로를 보면서 자연스럽게 야구에 대한 환상을 가지기 시작했다. 지금 생각해 보면 남자애들은 만화책을 보고 장래 희망을 덜컥 결정해 버리는 경향이 있다. 탐정이라든가, 제빵사라든가, 닌자나 고무 인간 같은 기상천외한 장래 희망이 많았던 것은 다 만화 때문이다. 나는 자식을 낳으면 가장 먼저 『드래곤 볼』을 읽힐 생각이다. 내 자식의 첫 장래 희망이 초사이어인이나 나메크인이면 멋질 것 같아서. 아 이런 뻘소리를 할 때가 아닌데.

초등학생 시절 벽에 공을 던지고 놀던 습관부터 시작한 나의 베이스볼 라이프는 중학교 진학 후 야구를 좋아하는 친구들을 여럿 만나며 크게 변했다. 캐치볼이라니. 나는 야구 글러브는 만화책 속에나 있는 건 줄 알았다.

지금은 불알친구가 된 애들이 운동장에서 야구 글러브로 공을 주고받는 모습은 그야말로 문화컬처 충격쇼크 그 자체였다. 별것도 아닌 캐치볼 장면에 제대로 홀린 나는 그대로 집으로 돌아가 엄마에게 야구 글러브를 사 달라고 졸랐다. 우리 집이 가난하다는 걸 어렸을 때부터 자각하고 있었던 내가 그 정도로 엄마를 조른 일은 드물었다. 물론 그때는 야구가 그렇게 돈이 많이 드는 운동인 줄 몰랐다.

엄마라고 어디 잘 알았겠는가. 엄마는 그까짓게 얼마나 하겠느냐고 생각했던 것 같다. 엄마는 날 데리고 근처 시장에 스포츠 용품을 파는 가게를 찾아 들어갔다. 나는 가죽색이 선명한 글러브 하나를 골랐다. 가게 주인은 글러브를 보며 그건 비싼 거라고 비아냥댔다. 그때 우리의 행색은 야구는커녕 집에서 밥도 제대로 못 챙겨 먹을 것 같은 모습이었다. 엄마는 발끈하며 이게 얼마나 하냐고 주인에게 물었다. 15초쯤 지나, 나는 엄마 손을 잡고 풀이 죽은 채 가게 문을 열고 나와야 했다.

12만 원! 500원짜리 동전 하나로 과자 한 봉지 사던 시대에 12만 원이라니. 패색이 짙어 보이는 엄마의 얼굴을 보면서 저 글러브 하나면 과자를 몇 봉지나 먹을 수 있는가를 머릿속으로 대강 계산했다. 그렇게 하면 좀 덜 갖고 싶어질 것 같았다.

500원이 스무 개면 1만 원이고, 스무 개를 열두 번 곱하면 이백 사십… 240봉지? 글러브 하나에 과자가 240개였다. 차라리 과자를 더 사 먹는 게 낫겠다고 생각했다. 그렇게 생각하려고 노력했다. 나는 갖고 싶은 걸 가질 수 없을 때 덜 아픈 방법을 아주 잘 알고 있었다. 비단 처음 있는 일은 아니었으니까.

그러나 다행히 그날 생애 첫 야구 글러브를 가질 수 있었다. 가게에서 나온 우리는 그대로 집에 가다 근처 문방구에서도 야구 글러브를 팔고 있는 것을 봤는데, 문방구 주인은 스포츠 용품점 주인과는 달리 꽤 희망적인 액수를 내놓았다. 1만 5000원. 과자 30봉지 가격이었다.

엄마는 잠깐 고민을 하다가, 정말 야구하는 데 야구 글러브가 필요하냐고 물었다. 나는 그렇다고 대답했다. 일단 공을 받을 수 있어야 던질 수가 있으니까. 그렇게 나는 1만 5000원짜리 야구 글러브를 갖게 됐다.

지금껏 살면서 깨달은 몇 안 되는 사실 중 하나는 어마어마하게 기쁜 일들은 대개 어마어마한 실망감을 동반한다는 것이다. 전에 없이 들뜬 마음으로 학교에 새 야구 글러브를 들고 갔다. 잔뜩 자랑할 생각에 친구들이 캐치볼을 하는 점심시간만 계속 기다렸다.

드디어 점심시간 급식을 대충 먹어 치운 후 바로 운동장으로 나갔다. 친구들은 여느 때처럼 캐치볼을 하고 있었다. 야구공이 글러브 사이를 오가며 그리는 여러 개의 포물선. 그 선에 이제 나도 동참할 수 있다는 사실에 몸서리가 쳤다.

글러브를 들고 친구들과 캐치볼을 시작했다. 전에 없었던 기분이었다. 아직 공을 받는 게 어색해 손이 아프긴 했지만 글러브를 끼고 공을 받을 수 있다는 그 사실에 감사했다. 나중에 엄마한테 효도해야지.

그때 글러브에서 찌직 소리가 났다. 설마하고 공을 도로 친구에게 던졌다. 다음 공이 가슴 조금 위쪽으로 날아왔고, 글러브를 갖다 댔다. 10초 후, 얼굴에 공을 처맞고 입술에 피가 나서 보건실로 갔다.

그렇게 내 첫 글러브는 바로 다음 날에 찢어졌다. 왜? 첫째로 그동안 점심시간에 매일 캐치볼을 했던 친구들의 송구가 글러브를 찢을 정도로 강력했고, 두 번째로 내 글러브가 진짜 가죽이 아닌 저질 합성피혁으로 만든 글러브 모양 장난감에 불과했기 때문이었다. 덕분에 나는 글러브를 통과한 공에 얼굴을 맞고 피를 질질 흘렸다. 그렇지만 얼굴보다는 정신적인 충격이 커서 고통을 거의 느끼지 못했다.

완전한 굴욕이었다. 친구는 정확한 곳에 공을 던졌고, 나 역시 정확한 곳에 글러브를 댔는데, 다쳤다. 내 새 야구 글러브가 구렸기 때문에. 날 보건실로 데려다 준 친구는 가죽 글러브를 샀어야 했다고 말하곤 다시 운동장에 가서 캐치볼을 했다.

나는 터진 입술에다 거즈와 반창고를 붙인 모습으로, 캐치볼을 다시 지켜보는 입장으로 돌아갔다. 괜찮은 척 태연한 표정을 짓는 뒤로 부끄러움과 창피함이 복잡하게 얽혀 돌아갔다.

찢어진 글러브를 가방에 넣고 집으로 돌아갔다. 그러나 엄마한테 바로 이야기하지는 않았다. 무려 1만 5000원이나 하는 물건을 사자마자 바로 찢어 먹었다는 걸 알면, 다음부터는 정말 아무것도 사주지 않을 것 같았다. 나는 한 달 정도 찢어진 글러브를 잘 숨기고 학교와 집을 오갔다. 그 사이 테이프를 붙이거나 이불 꿰는 바늘로 찢어진 곳을 봉합하려는 시도를 해 봤지만 그럴수록 더 처참한 모습으로 변해 가는 야구 글러브를 보며 포기했다.

어느 정도 시간이 흘러 용돈을 조금씩 저금해 엄마에게 딜을 넣었다. 지금 끼고 있는 글러브는 손이 너무 아프다. 맨날 공을 받다가 손에 멍이 생겼을 정도다. 최근에는 글러브가 찢어지기까지 했는데, 내가 모은 용돈이 3만 원이니 엄마가 2만 원만 더 보태 주면 가죽으로 된 글러브를 사서 오래 쓸 수 있다. 가죽 글러브는 찢어지는 일이 거의 없으니 한 번 사면 몇 년은 쓴다고 했다.

엄마는 고민 끝에 제안을 받아들였다. 하나뿐인 자식이 글러브 때문에 손이 아프다는 사실과 스스로 돈을 모았으니 보태 달라는 절실함 같은 것들이 영향을 끼쳤던 것일까. 결국 저가형 가죽 야구 글러브를 인터넷에서 주문했다.

야구 글러브에 쓰이는 가죽은 크게 두 가지다. 돼지가죽(돈피)이니면 소가죽. 이 둘을 섞어 쓰는 경우도 있고, 합성 피혁과 섞는 경우도 있다. 이 중에서 가장 높게 치는 것은 당연히 소가죽 글러브다. 고기도 돼지고기보다는 쇠고기가 훨씬 비싸게 먹힌다. 소가죽 중에서도 가죽의 질에 따라 등급이 나뉘기는 하는데, 그 때는 일단 가죽이라는 게 중요했지 그런 게 중요하지 않았다. 내가 산 건 돈피 글러브였다. 단돈 5만 원으로 내릴 수 있는 최선의 선택이었다.

다행히 그때 산 글러브를 아주 오랫동안 쓸 수 있었다. 최소한 그 글러브는 공을 받을 때 손이 아프지 않았고 찢어지지 않았다. 난 매일같이 친구들과 캐치볼을 하다가, 친구들이 모두 집에 가면 혼자 벽에 공을 던지고 놀았다. 어차피 남는 게 시간이고, 집에 돌아가 봤자 할 일도 없었다.

나는 취미 삼아 하는 것치곤 공 던지는 스킬이 꽤 괜찮았다. 주변 친구들 중에서는 제구(원하는 곳에 공을 집어넣는 능력)도 좋은 편이었고, 속도도 괜찮았다. 잘할 수 있는 운동이 하나라도 있었다는 게 신기해서 더 많은 시간을 야구에 쏟았다. 손톱이 뜯기고, 뜯긴 곳에서 피가 나고, 그게 굳어서 붉은 굳은살이 박일 때까지 공을 던져 댔다.

내 오래지 않은 대학 생활 중 그나마 가장 열성적으로 참여했던 동아리 활동은 과내 야구 동아리였다. 고등학교 때까지만 하더라도 내가 할 수 있는 건 고작해야 캐치볼 혹은 포수 미트를 갖고 있는 친구를 앉히고 공을 던지는 피칭 연습 수준이었고, 정말로 야구 경기를 경험해 본 것은 몇 번 되지 않았다. 친구가 다니는 사회인 야구팀의 게임에 따라가서 용병으로 뛰는 일은 있었지만 팀의 일원이 되어서 스포츠클럽 활동을 한 것은 대학 시절이 처음이었다. 물론 중학교 1학년까지 리틀 야구팀에서 활동했다며 되도 않는 허풍을 쳤지만, 동아리의 선배들은 크게 의심하지 않았다.

야구는 돈이 상당히 많이 드는 축에 속하는 스포츠다. 공도 좀 던지고, 수비도 괜찮으니 입단까지는 문제가 없었는데, 상하의와 모자, 양말, 벨트를 포함한 유니폼 세트가 13만 원이었다. 비싸다는 이야기를 듣긴 했는데 그 정도일 줄이야. 거기에 매월 회비도 1만 원씩 가져갔다.

그럼에도 야구 동아리에서 1년 이상 활동할 수 있었던 것은 순전히 야구에 대한 열정과 오기 때문이었다. 월세에서 삥땅친 돈으로 유니폼과 야구화를 사고, 부족한 돈은 막일을 하며 번 돈으로 채워 넣었다. 야구 경기 한 번 뛰겠다고 일도 다 취소하고 대전으로 내려가거나 밤을 새며 일한 직후 잠도 안자고 유니폼과 장비를 챙겨 게임에 나가기도 했다. 지금 그때 한 일들을 글로 쓰고 있으려니 정말 미친놈이 따로 없다. 조금 부끄럽다.

정식으로 야구를 접한 것은 더할 나위 없이 좋았지만, 다른 모든 팀 스포츠가 그렇듯 팀의 일원이 되면 다른 팀원들과 적극적으로 소통하며 팀워크를 익혀야 한다. 혼자 잘해 봤자 경기는 이길 수 없다. 단순히 내가 잘했다고 만족하는 것은 순전히 자기 위안일 뿐이다.

그런데 그때는 순전히 자기 위안을 위해 야구를 했다. 나는 공을 잘 던지고 야구를 잘한다는 발상에 사로잡혀 다른 팀원을 그냥 배경 취급하면서 공을 던졌다. 당연히 그런 모습이 좋게 보일 리 없었고, 우리 팀은 내가 선발로 나선 중요 대회에서 모두 탈락의 고배를 마셨다. 악으로 공을 던지다 팔꿈치에 염증까지 생겼다. 팀에 전혀 도움이 안 된다고 생각했던 나는 그 후로 조용히 잠적했다. 아직도 후회된다.

그냥 야구가 좋아서 야구 동아리에 들어갔던 나를 괴롭힌 것은 대부분이 스스로에게 기인한 열등감과 자기혐오였다. 나 혼자 저렴한 글러브를 쓰고 있다는 것, 맞지 않는 유니폼 사이즈를 주문했다는 것, 체력이 약하다는 것, 언더웨어를 입었을 때 배 부분이 튀어나온다는 것, 야구 동아리 이외에 이렇다 할 인간관계를 유지하고 있지 못하다는 것, 여자 친구도 없이 거의 매일 야구만 죽어라 해댄다는 것, 더운 날 조금만 뛰어도 땀을 비 오듯 흘린다는 것, 연습이나 게임이 끝나고 가는 회식에 곧잘 참여하지 못한다는 것, 근본적으로 성격이 소심하다는 것에 늘 기가 눌려 있었다.

아무도 지적하지 않은 단점들이 서서히 나를 잡아먹었고, 그저 야구를 잘하는 것으로 그 모든 것을 상쇄시켜 보려고 안간힘을 썼다. 낡아빠진 야구 글러브를 쓰더라도, 공을 빠르고 정확하게 넣는 것만큼은 내가 최고라는 것을 증명하는 것, 그게 내 비참했던 인생 속 몇 없는 자존심이었다. 나를 채우기 위해 야구를 하고 공을 던졌다. 낡은 야구 글러브가 보이지 않을 만큼 좋은 공을 던지려다 보니 어느 순간 야구를 못하고 있었다.

침실에 있는 옷장을 열었다. 아직도 옷장에 걸린 동아리 유니폼. 학교를 이미 자퇴해 다시는 입을 일이 없다는 걸 알면서도 버릴 수 없었다. 그 옆에는 새것 그대로인 유광 야구 가방이 놓여 있다. 학교에서 나온 후, 돈을 벌자마자 야구 장비들을 닥치는 대로 샀다. 그렇게 갖고 싶었던 소가죽 야구 글러브와 화려하기 짝이 없는 나이키 야구화, 배팅 장갑과 반질반질한 경식구들. 하지만 사고 나서 몇 번 입어 보거나 만져 보기만 했을 뿐 단 한 번도 실전에서 써 보지는 못했다. 내가 지금 사는 서울, 관악구에는 캐치볼을 할 친구가 하나도 없다. 사회인 야구팀을 알아보기도 했지만 어울릴 만한 팀도 없었다. 어쩌면 그냥 새로운 팀으로 간다는 게 두려울 뿐일지도 모른다.

돈이 있어도 공을 받아 줄 사람이 없어 야구를 못한다는 사실이 아이러니하다. 원하는 글러브와 원하는 장비로 원하는 야구를 할 수 있는 상황이 되니 정작 주위에 사람이 없다. 그래서 한동안 야구를 잊고 사람 없이 골대만 있어도 할 수 있는 농구만 했고 어느

새 야구를 좋아했던 만큼 농구도 좋아하게 됐다.

그러나 한편으론 한 번도 흙 묻지 않은 야구화가 그 자리에 반질반질한 것이 마냥 괴로울 때가 있다. 뙤약볕 아래에서 모자를 푹 눌러쓴 채, 공을 힘껏 던져 포수 미트로 빨려 들어가는 느낌과 소리가 견딜 수 없이 날 끌어당기는 순간이 온다.

야구, 축구, 농구, 그 어떤 스포츠도 자신감 없이 100퍼센트의 기량을 뽑아낼 수 없다. 함께 게임을 뛰었던 과 선배는 나에게 연습 때는 공이 그렇게 좋으면서 실전에서는 80퍼센트밖에 못하는 것 같다고 말했다. 마운드에 적응이 잘 안 돼서 그렇다고 대꾸했지만 실은 자신감 문제라는 걸 알고 있었다. 나는 타자나 포수가 아니라 내 열등감을 상대로 공을 던지고 있었다. 그나마 자신 있는 게 야구인데 그마저 못하면 쓰레기라고 비아냥대는 내가 미워서 미친 듯이 공을 던졌다. 결과는 볼넷이었다. 나는 완투 후 패전투수였고.

나는 시작부터 공을 받는 것보다 던지는 걸 더 좋아했다. 내 글러브로는 받을 수 없는 공이 너무 많았고, 손에서 떠난 공에는 더 이상 책임을 지지 않아도 되니까. 나는 열등감과 무책임한 성격을 통해 투수가 됐다. 웃긴 이야기다. 다른 친구들이 내야나 외야 글러브를 따로 사서 쓰면서 배팅 장갑을 끼고 배트를 휘두를 때, 내가 가능한 연습은 공 던지는 것뿐이었으므로 투수 노릇을 하게 된 건 당연한 결과다. 그렇게 만들어진 공 던지는 기술은 못된 아집을 더 몹쓸 것으로 만들었다.

그렇게 나의 쓸모를 증명하기 위해 했던 야구가 이젠 순수한 의미로 내게 공을 던지길 부추긴다. 이제 증명할 필요 없이 야구를 할 수 있을 것 같다. 다음 주에는 오랜만에 전 회사 사람과 만나 캐치볼을 하기로 했다. 요즘 컨디션은 꽤 좋다. 고작 캐치볼인데 난 벌써부터 첫 야구 글러브를 샀을 때처럼 들떠 있다. 괜히 쓸데없이 꺼내 본 야구 글러브에서는 지독한 소가죽 냄새가 난다.

인간관계
캠퍼스의
이민자

인간은
사회적 동물이다.

사람은 사회적 동물이다. 이름은 기억나지 않지만 어쨌든 유명한 사람이 한 말인데, 동의한다. 굳이 부정할 수 있는 말도 아니다. 당장 사회가 없이는 먹고 입고 자는 데 어마무시한 문제가 생길 테니까. 나는 사회 속에서 살고 있고 타인과 밀접한 관계를 맺고 있다. 부정할 생각은 전혀 없다.

이 글을 읽는 사람들 역시 사회적 동물일 것이다. 내게 이 책을 선물 받은 것이 아니라면, 아마 책을 직접 사거나(고맙다.) 빌려서 보고 있을 것이다. 그런데 이 책에 있는 모든 글은 어디 살고 어떻게 생겨 먹었는지도 잘 모르는 김리뷰라는 사람이 지껄인 것이고 그 글들을 묶고 수정해 책으로 만드는 것은 출판사고 그 출판사에서 책을 만들면 서점에 입고해서 전달됐을 것이다. 그게 오프라인 서점이든 온라인 서점이든 이 책은 헤아릴 수 없이 많고 유기적인 사회적 관계망들의 산물인 셈이다. 요컨대 이 글을 읽고 있는 것만으로도 사회적 동물임을 증명할 수 있다. 멋지지 않은가? 갑자기 이게 무슨 개얼척 없는 소리인가 생각할 수 있겠지만 사실이다. 세상에는 언뜻 미친 소리처럼 들리는 사실이 널리고 널렸다.

하여튼 구태여 이런 뻔한 이야기를 서두에 꺼낸 이유는 사람들이 인간은 사회적 동물이라는 말을 들었을 때 그 반례를 단순히 사회에서 문명의 이기를 누릴 수 있다는 의미로 받아들이지 않기 때문이다. 아리스토텔레스인지 뭔지 무슨 개뼉다구 같은 놈이 했는지도 기억이 나지 않는 이 말은, 흔히들 원하지 않는 인간관계를 합리화하고 강요하는 도구로 쓰이곤 한다. 새로운 사람을 두려워하고 사람을 쉽게 사귀지 못하는 이들을 밟아 놓는 전통적인 방식이다.

애초에 나는 '사람=사회적 동물' 같이 단언하는 표현을 그리 좋아하지 않는다. 만약 저 명제가 참이라고 한다면 소위 말하는 대우, 사회적이지 않으면 사람이 아니라는 것도 참으로 받아들여야 하기 때문이다. 대체로 이런 표현은 누구누구의 명언 같은 형태로 많이 알려질수록 참이라고 받아들여진다. 유명하니까, 유명한 누군가 했다는 말이니까 아마도 참일 거라고 믿는다. 의심조차 하지 않고 참으로 받아들여진다.

참으로 받아들여진 명제들은 대우라는 형태로 새로운 기준을 재생산하는데, 대우들이 만드는 기준은 배타적이고 폭력적인 형태를 띤다. '우리 개는 순종이다'에서 '순종이 아니면 우리 개가 아니다'가 되거나, '자녀는 부모를 닮았다'에서 '부모를 닮지 않으면 자녀가 아니다'가 되는 식이다.

수학책에서 배웠듯 명제가 참이면 대우도 참인 법인데, 우습게도 둘 다 참인 것들이 뉘앙스가 크게 다르다. 사람은 사회적 동물이라는 말을 의심해 본 적 있는가? 이 말을 한 건 몇천 년 전에 살던 사람인 아리스토텔레스고, 정작 말할 때도 한국어가 아니라 그리스어로 했을 텐데, 완벽하게 정의된 문장인 양 알려진 게 이상하지는 않은가? 혹시 사회적이지 않으면 정상적인 사람이 아니라는 생각을 은연중 하고 있지는 않은지. 골똘히 생각해 볼 만한 문제다.

교무실에는 얻어터진 채로 얼굴이 좀 부은 나와 상대적으로 멀쩡해 보이는 놈 하나가 나란히 서 있고, 담임선생님은 그 앞에서 뻔한 이야기를 하며 훈계를 하고 있었다. "친구들끼리 친하게 지내야지, 싸워서 되겠니?" 사실 학교 선생님 입장에서는 본인이 어떻게 생각하든지 간에 답은 정해져 있다. 학급 구성원 간 갈등을 최소화해야 하는 선생님 입장에서 서로 더 치고받게 한다든가 사이가 안 좋으니 그냥 한 명을 전학 보낸다든가 하는 극단적인 방식을 쓸 수는 없었을 것이다.

하지만 나는 제발 그렇게라도 해 주길 바랐다. 선생님이 옆에 서 있는 그놈을 같은 반 친구라고 호명하는 것도 기분이 나빴다. 갠 내 친구 아닌데? 친구는 말 그대로 친한 사람을 이야기하는 건데 우리는 친하지 않았다. 그놈 역시 나와 마찬가지로 생각했을 것이다. 그런데 친구라니, 내가 정말 친구라고 생각하는 사람들에게 실

레다. 그래서 앞으로 그냥 그놈이라고 지칭하겠다. 문맥상 조금 어색해도 양해해 주길 바란다. 친구라고는 할 수 없는데 그렇다고 실명으로 쓰면 위험하니까. 막 엄청 위험하진 않겠지만 조금 위험하다.

담임선생님은 몇 분간 비슷한 이야기를 다른 말로 질질 풀어서 이야기하더니, 뜬금없이 나와 그놈을 악수하고 포옹하도록 시켰다. 그때의 기분은 지금도 잊을 수가 없다. 당장 낯짝을 갈겨 버리고 싶은 상대와 그런 사랑 넘치는 스킨십을 해야 한다는 게 끔찍했다. 그놈과 묘하게 힘이 들어간 어색한 포옹을 한 그 날 이후로 그놈과의 사이는 더 나빠졌고, 내 뒷담화가 여러 사람을 거쳐 귀에 들어오는 걸 그냥 견뎌야만 했다.

내가 진학한 대학은 내가 다니던 고등학교에서 대충 400킬로 미터 정도 떨어진 곳이었다. 공부를 꽤 한다는 학생들이 대부분 집과 가깝고 등록금도 싼 국립대로 빠져나간 탓에, 우리 고등학교는 공부를 잘하는 학교였지만(평준화된 일반계 고등학교였는데 우리 기수에서 서울대를 9명인가 보냈다. 물론 나와는 전혀 상관없다.) 인서울을 한 학생이 많지 않았다. 그 얼마 안 되는 학생 중에서 친구는 사실상 없었고 있다 하더라도 서울은 넓고 교통비는 비싸서 만날 기회도 없었다. 나는 인간관계를 초기화한 채 서울에서 모든 걸 다시 시작해야 했다.

나는 서울에서 철저한 이민자 신세였다. 쓰는 말만 같았을 뿐 거의 다른 나라에 와서 생활하는 기분이었다. 엄밀히 말하면 쓰는 말도 다르긴 했다. 서울말을 자연스럽게 사용하게 된 지는 불과 2년 전부터다.

삶의 절반 이상을 보냈던 동네에서조차 인간관계가 넓지 않았는데, 제대로 준비도 안 된 상태로 서울에 떨귀졌으니 그야말로 도시 속 표류 인생이었다. 실제로 상경한 후 1년 동안은 사람과 대화하는 시간이 하루에 한 시간도 되지 않았다. 기껏해야 편의점에서 물건 계산하고 나갈 때 '감사합니다.'하는 정도까지 대화라고 친다면 분명 그 정도 될 것이다.

그래서 필사적으로 대학 속의 인간관계를 붙들어 보려고 노력했다. 대학만이 서울에서 나를 받아 준 유일한 조직이었다. 그 속에서 낙오된다는 것은 그냥 서울에서 나가리 된다는 것과 동일한 의미였다.

하지만 내 성격, 그중에서도 낯선 사람과 곧잘 이야기하지 못한다는 특성이 대학 생활에 걸림돌이 되었다. 신입생 오리엔테이션이든 과내 친목 동아리든 사람들과 아무리 만나 봤자 이야기를 안 하는데 인간관계가 잘 유지될 리가 없었다. 절망적인 상황이긴 했지만 그래도 문제가 무엇인지는 파악했다는 것에 초점을 맞추기로 했다. 긍정충이었다.

성격 때문에 사람을 사귀는 것이 어렵다는 걸 안 뒤로 평생 안

하던 짓거리들을 했다. 지나가다 아는 사람이 보이면 먼저 인사하고, 군이 날 찾지도 않는 자리에 가서 얼굴을 비추고, 영 분위기가 안 좋을 때면 억지로 표정을 관리했다. 술자리가 끝나면 선배들에게 옥체 평안히 집에 조심히 잘 들어가셨는지 안부 메시지를 보내고, 같은 학번의 동기들과 수시로 밥을 같이 먹으면서, 가끔 없는 돈이라도 억지로 짜내 한턱 쏘는 것도 잊지 않았다.

그러면서 사람과 관계를 맺고 유지한다는 것이 극심한 스트레스임을 깨달았다. 분명 대학 생활을 유지하고 있기는 했지만, 전혀 즐겁지 않았다. 메말라 가는 통장 잔고와 불규칙적으로 요구되는 막일이 천천히 목을 졸랐다. 그렇게 몇 달 정도 살다 어느 순간에는 이 모든 것들이 다 개지랄이라는 생각이 들었다.

어떻게 보면 그제야 주제 파악을 했다는 게 적절한 표현이 될 수 있다. 내 주제에 대체 무슨 캠퍼스 라이프를 꿈꾸는 걸까. 그런 질문이 뇌리에 떠오르자마자 모든 잡념이 사라졌다. 동시에 구형 휴대폰을 쉴 새 없이 울리던 카톡도 모두 사라졌다. 나는 아무 말도 않고 모든 단톡방에서 빠져나왔다. 오는 연락은 모두 씹고 차단까지 했다.

소위 말하는 흑역사가 생겨서, 홧김에 지른 행동은 아니었다. 그런 게 있었으면 다른 놈들이 그랬듯이 그냥 군대로 튀었겠지. 단순히 지쳤을 뿐이었다. 혼자 있을 때 안정감을 누릴 수 있는 인간, 불 끄고 가만히 누우면 행복을 느끼는 어둠의 자식, 그게 나인데

애당초 뭘 기대하고 맞지 않는 생활에 적응하려고 안간힘을 썼던 것일까. 모든 게 무의미하게 느껴졌다.

그날 언젠가 처방받은 신경안정제를 한 다섯 알쯤 동시에 털어 넣고 대낮부터 깊은 잠에 들었다. 카톡 소리도, 벨 소리도, 방문을 두드리는 소리도 들리지 않았다. 다음날 새벽에서야 잠에서 깨자 다시 혼자였다. 오랜만에 맞은 외로움이 반갑기까지 했다. 멍한 상태로 일어나 무의식중에 컴퓨터를 켰다. 그리고 떠오르는 대로 키보드를 두드리며 글을 쓰기 시작했다. 기분이 썩 나쁘지 않았다. 조금 괜찮게 쓴 것 같아서 인쇄해 종이 위에 찍힌 글자들을 봤는데 무척 구렸다. 창피해서 다 찢어 버리고 다시 쓰기 시작했다. 그대로 사흘 정도 집에 틀어박혀 글만 썼다. 더 괜찮은 표현을 찾아 더 멋진 문장을 쓰고 그 문장을 이리저리 짜 맞춰 하나의 글로 완성하고 그걸 인쇄해서 보다가 너무 허접해서 혼자 병신처럼 쪼개는 모든 것이 참을 수 없이 행복해서 멈출 수가 없었다.

하지만 이 짓이 오래가진 않았다. 놀고먹느라 통장 잔고가 0에 수렴했기 때문이었다. 사람은 일하지 않으면 놀고먹을 수 없다. 안타까웠다. 하루 종일 글만 쓰면서 빈둥빈둥 댈 수 있으면 얼마나 좋을까. 그런 인생이 있으면 몇 번이고 다시 태어나도 좋겠다고 생각했다.

어제만 해도 마감이 코앞인데 갑자기 뻴 꽂혀서 〈오버 워치〉를 새벽 2시까지 하다가 잠들었다. 물론 미리 써 놓은 것들이 있어서 그렇게 빡빡한 건 아니지만, 아무래도 이런 식으로 계속 가면 분명 편집자에게 잔소리를 들어먹을 것이 뻔하다.

물론 출판사 직원들은 작가에게 절대 대놓고 재촉하지 않는다. 마감이 얼마나 늦어지든 항상 평정심을 유지하면서 친절하게 말한다. 진정한 프로의 자세… 이게 무섭다. 뒤로는 무슨 생각을 하고 있는지 알 수가 없으니까. 혹시 갑자기 막 계약을 취소하지는 아니겠지? 줬던 계약금 도로 뱉으라고 협박하진 않겠지? 이런 미지의 두려움이 자리에 앉도록 만든다. 좋아하던 일로 돈을 번다는 것은 원하지 않을 때도 그 일을 해야 한다는 걸 의미한다.

항상 처음이 어렵지, 막상 쓰기 시작하면 시간이 얼마나 가는지도 잘 모른다. 어느 순간 잠깐 막히는 시점이 오면, 미친 듯이 글만 쓰고 싶었던 예전의 내 모습이 떠올라 손가락을 다시 움직인다. 표현과 문장, 글 한 편을 백지 위에 완성시키는 과정은 여전히 신선한 행복감을 준다.

사실 게임은 쉽게 질린다. 게임 하나가 갖고 있는 콘텐츠란 어디까지나 한계가 있기 때문이다. 시간을 좀 들여 콘텐츠를 웬만큼 소비하면 금방 단물 빠진 껌처럼 껍데기만 남는다. 반면 혼자 글을 쓰는 일은 절대 질릴 수 없다. 자는 동안에도 쉼 없이 팽창하는 내 머릿속의 우주. 그 속에 떠다니는 생각들의 아주 국지적인 부분만 글로 써도 하루는 너무 짧다.

글을 쓰지 않는 시간이란 모두 글을 쓰는 시간을 위해 존재하는 시간들처럼 느껴진다. 믿겨지지 않을지도 모르겠지만 나는 정말 지금 하고 있는 일에 만족하고 있다. 내가 글을 쓰며 살 수 있다는 것과 내 글을 읽을 사람이 있다는 것에 행복을 느낀다. 진심으로 글을 쓰다가 죽음을 맞이하고 싶다고 생각한다.

글로 돈을 번다는 건 굉장히 큰 메리트가 있다. 일단 누군가에게 굳이 잘 보일 필요가 없다. 회사에 출근하는 것도 아니고, 집에서 아주 편안하게 지내다가 원할 때만 글을 쓰면 된다. 그리고 내가 원하는 사람들과만 교류한다. 어떤 생활을 유지하기 위해 억지로 유지해야 하는 관계가 없다는 것은 내게 축복과 같은 의미다. 출판사와 편집자 모두 날 글 쓰는 사람으로 존중해 주고, 나 역시 편집자와 기획자로서 출판사 사람들을 존중한다.

날 존중해 주는 사람들과 연락하고, 관계를 유지하는 것이 편안하다. 일일이 안부를 묻지 않아도 언제든 필요할 때 이야기를 나눌 수 있는 지금의 상황이 좋다. 날 그리 좋아하지 않는 사람들에게 날 어필할 필요가 없다. 나는 나의 세계에서 쓸 수 있는 가장 멋진 글을 만들어 보여주기만 하면 된다. 쉽지 않지만 쉬운 일이다.

친구 관계도 마찬가지다. 수가 많지도 않고 연락도 예전만큼 자주하지는 않지만 서로가 서로에게 아주 깊은 의미의 친구라는 것을 잘 알고 있다. 원할 때 연락하고 만나 같이 밥을 먹고 언젠가 또 다시 만나면 된다. 여름에는 서핑을 가고, 겨울에는 스노보드를 타러 간다. 가뭄에 콩 나듯 만나도 어색하지 않은 사람이 있다는 건 행운이다.

　나는 근본적으로 인간관계가 넓은 사람이 아니다. 물론 사람이 태어날 때 인간관계의 넓이나 깊이가 정해진 채로 태어나는 것은 아니지만, 사람의 성장 환경과 가치관의 형성 방식 같은 것들에 따라 어느 정도의 경향성은 존재한다고 생각한다. 낯선 장소에서 처음 만난 사람과도 쉽게 말을 트고 스스럼없이 자기 이야기를 하는 사람이 있는가 하면 본인 이야기를 웬만해선 다른 사람에게 하지 않는 사람도 있다. 난 후자 쪽이다.

　리뷰와 글로 붕 뜬 사람이 지금 뭔 소리를 하는 거냐고 생각할 수도 있겠지만 글과 말은 엄연히 다른 분야다. 너희도 인터넷에서 쓰는 글이랑 실제로 쓰는 말투가 완전히 똑같지는 않잖아. 나도 마찬가지다. 글로는 더없이 솔직하고 분명한 방식으로 이야기하길 좋아하지만, 실제로 말할 때는 꽤 두루뭉술하고 유보적인 표현을 많이 쓴다. 방식을 대하는 관점의 차이일 뿐이지 이중인격은 아니다. 어느 쪽이든 원하고 전하고자 하는 바는 완전히 같다.

　나는 낯선 환경에 처하면 적응하기까지 꽤 오랜 시간이 걸린다. 중학교나 고등학교에 입학했을 때도 그 학교의 생활에 적응할 참이면 졸업해 버렸고, 대학에서는 그럴 시간이나 정신적 여유조차 주어지지 않아서 도망쳐 버렸다. 새로운 방식에 도전하는 것을 즐기긴 하지만, 적응 과정과 시간까지 즐기지는 못한다.

사람 관계에 있어서는 더욱 그렇다. 서울에서 산 지 몇 년이 지난 지금까지도 마음을 터놓고 이야기할 수 있는 사람이 많지 않은 것은 이 때문이다. 어쩌면 솔직하게 말할 대상이 없어 쌓인 욕구 불만이 글이라는 형태로 해소되고 있는 것일지 모른다는 생각도 든다.

하여튼 나는 이런 사람이다. 내가 어떤 과정과 변화를 거쳐 이런 성격을 갖게 되었는지 상관없이 이런 성격을 갖고 있는 것에 대해 어느 누구든 옳고 그르다는 가치판단을 함부로 할 수는 없다. 성격에 옳고 그른 건 없으니까.

당연히 이런 성격이 누군가에게는 마음에 안 들 수도 있다. 어쩌면 대부분이 나와 같은 성격을 기피할지도 모른다. 사회 부적응자나 방구석 폐인 같은 표현을 쓰면서. 근데 그렇다고 내 성격이 틀린 건 아니다. 나는 나를 좋아하고, 나라는 사람의 인격을 스스로 존중한다. 내 방식이 누군가의 삶에 피해를 주지만 않는다면 나만의 가치를 추구할 권리와 자격이 있다. 이런 게 정신 승리라고 한다면 평생 정신 승리자로 살 것이다. 내가 아닌 다른 사람의 기준에 날 맞추느라 시간을 쏟는 건 멍청한 짓이니까.

사람과 사람의 관계. 그 관계의 연속으로 형성된 사회. 그렇게 만들어진 사회가 사람과의 관계를 선택할 수 있게 만들어 준다는 건 꽤 역설적인 이야기다. 동시에 멋지기도 하다. 불편하고 피곤한 관계를 지속하지 않아도 전화 한 번이면 치킨을 먹을 수 있는 세상에 살고 있다. 원할 때, 원하는 글을 쓰면서 가치를 만들 수 있는 세상에 살고 있다. 모두가 원하는 일을 하면서, 원하는 인간관계만을 유지할 수 있는 세상이 되었으면 한다. 혹시 당신이 이런 내 어이없는 생각에 동의한다면, 세상은 방금 어떤 방향으로든 아주 조금 바뀌었다고 말할 수 있다. 멋진 일이다.

정신병
나에게
붙인 라벨

. . . .

나는 문제아였다. 언제부터 그랬는지는 모르겠지만, 문득 정신을 차렸을 때 사람들에게 문제아로 취급받고 있었다. 엄마는 내가 너무 산만하다고 했다. 그래서 산만하다는 말의 뜻도 잘 모를 때 산만한 아이라는 자각을 하게 됐다. 나는 산만했기 때문에 매학기 선생님들에게 요주의 인물이었다. 어른들은 늘 내가 언제 돌발 행동을 할지, 난리를 피울지 걱정했다. 내가 문제를 일으킨다는 것은 어느 정도 기정사실처럼 받아들여지는 듯했다. 그런 어른들의 불쾌한 기대를 꺾기 위해 아주 조심스럽게 행동했지만, 내 강박적인 행동이 별안간 실수를 만들고, 결국 역시 문제아였음을 수긍하도록 만드는 패턴이었다. 나에게 정서적으로 많은 문제가 있었음을 인정한다. 그러나 문제를 대하는 어른들의 방식도 다분히 문제적이었다.

세상에 과연 선천적으로 우울한 사람이 있을까? 있다면 아마도 그 카테고리에 내가 포함될 것이다. 나의 가장 오래된 기억은 술을 먹고 들어온 아빠에게 내가 무슨 이유에선지 혼난 후 벌을 서며

울고 있는 장면이다(이건 동시에 아빠의 생전 모습에 대한 거의 유일한 기억이기도 하다). 어느 날 정신을 차리니 이 세상에 태어났고, 살아 간다는 것이 뜬금없이 너무 슬프게 느껴졌다. 이게 대체 무슨 말인 지 굳이 해석하며 읽을 필요가 없다. 해석해 주길 바라며 쓰는 글 은 아니다.

초등학교 시절의 나는 꽤 활발한 성격이었다. 교실에서 쿵쾅쿵 쾅 뛰어다니는 것은 예삿일이고 수업 시간에 친구와 크게 웃고 떠 들었다. 그러던 어느 날 담임선생님에게 이끌려 교무실로 가 보니 교무실에는 화장을 짙게 칠한 엄마가 기다리고 있었다. 담임선생 님은 날 바로 앞에 앉히고, 엄마에게 내가 ADHD(주의력 결핍 과잉 행동 장애)가 있는 것 같다고 말했다. 알파벳도 겨우 외우는 처지에 ADHD가 무슨 뜻인지 알 리 만무했지만, 그게 엄마가 늘 말하던 산만하다는 것과 비슷한 의미임을 시레 짐작할 수 있었다.

선생님은 내게 치료가 필요하다고 말했다. 엄마는 굳은 얼굴로 내 손을 잡고 집으로 돌아갔다. 아직 4교시 수업이 남아 있었는데 도. 다음 날 학교에 가니 출석부에 감기 때문에 조퇴한 것으로 나 와 있었다. 아 그런가, ADHD는 감기의 한 종류인 걸까? 그럼 그 냥 감기라고 하면 될 걸 선생님은 왜 굳이 어려운 말을 썼을까? 왠 지 모르게 조금 슬픈 느낌이 들었다.

엄마는 내가 초등학교에 들어가고 난 후 새로운 학기가 될 때마 다 담임선생님에게 찾아가 면담을 했다. 우리 아이가 좀 문제가 있

으니 잘 봐 달라, 조금 산만한 아이인데 선생님이 사랑으로 잘 보살펴 달라는 이야기를 했다고 한다. 엄마는 그게 선생님과 내게 어떤 의미로 다가갈지 전혀 예상하지 못했다. 나는 친구들과 같은 실수를 해도 벌을 덜 받거나 아예 받지 않았고, 숙제를 해 오지 않았거나 준비물을 챙겨 오지 못했을 때도 무조건적 이해를 받아야 했다. 나는 아주 고상한 형태의 차별을 받았다. 그리고 그런 형태의 차별이 같은 반의 친구들과 나를 서서히 괴리시켰다. 서서히 말을 줄였다. 엄마와 담임선생님은 내가 점점 얌전해진다며 기뻐했다.

언젠가부터 학교에 가기 싫어졌다. 가 봤자 선생님은 날 문제아 취급하면서 다른 애들과 똑같이 대우하지 않고, 친구들은 선생님에게 특별히 관리받는 나를 항상 멀리 떼어놓으려 했다. 그래서 어느 날 아침 이불을 꽁꽁 뒤집어쓰고 엄마에게 학교 가기 싫다고 했다.

그날 원하는 대로 학교에 가지 않을 수 있었지만 그 다음 날에도 학교에 가지 못했다. 대신 엄마는 날 정신과에 데리고 가서 그림 검사를 받게 했다. 검사자가 사람을 하나 그려보라고 했는데, 나는 그때 고작 초딩이었다. 그림 그리는 데에는 재주가 있지도 않아서 그냥 그 시절 인터넷에서 유행하던 졸라맨 형태의 사람을 종이에 대충 하나 그렸다. 검사자는 졸라맨을 보고 기겁을 했고, 곧이어 엄마에게 설명을 하기 시작했다. "아이가 그린 이 사람을 보세요. 굉장히 불안한 형태를 하고 있어요. 몸통부터 팔다리까지 모두 일직선으로 되어 있죠? 특히 땅에 디디고 있는 발의 모습이 이렇게 날카롭다는 것은 아이가 심리적인 불안감을 겪고 있다는 증거입니다. 이 아이는 더 많은 보살핌이 필요해요."

그냥 유행하는 걸 따라 그렸을 뿐인데 그렇게 높게 평가해 주니 몸 둘 바를 모를 정도였다. 어이가 없었지만 그냥 잠자코 있기로 했다. 어른이 하는 말인데 그래도 맞지 않을까 하는 믿음이 그때까지는 있었다. 그렇게 나는 내가 산만한데다 정서적으로 굉장히 불안한 아이라는 사실을 받아들였다. 수긍하기 쉬운 것은 아니었다. 내게 가해지는 불편하고 이상한 시선이 이전보다 심해졌다.

솔직히 까놓고 말해서, 내가 엄청 심각한 문제아는 아니었다고 생각한다. 내 입으로 말하니까 웃기긴 한데 최소한 나는 내가 문제아로 취급받고 있다는 걸 잘 알고 있었다. 적어도 노력이라도 했다. 작고 별거 아닌 실수도 어른들에게는 큰 사고의 시발점처럼 보일 테니까. 실수하지 말아야지, 사고 치지 말아야지 하는 자기 폐쇄적 감정에 휩싸여 산다는 것은 살얼음판을 걸으며 발톱 하나 젖지 않길 바라는 것과 비슷하다. 나는 다른 아이들과 같은 교실에 앉아 있었지만 주어진 과제만큼은 크게 달랐다. 말 한마디 않고 나를 움직이려는 온갖 외부 자극에서 강제로 나를 떼어냈다. 남는 것은 멍 때리며 하는 몽상과 잠뿐이었다.

신기하게도 사람은 외부에서 정의해 주는 이미지에 계속 노출되면 진짜 그런 사람이 된다. 문제아로 취급받기 시작한 후 혼자 보내는 시간이 많아졌고, 지루하고 무료한 시간을 홀로 보내기 위해서는 어떤 것이든지 찾아다녀야만 했다. 다른 친구들이 삼삼오오 모여 이야기를 나눌 때 혼자 교정을 돌아다니거나 학교 도서관에 틀어박혀 아무 책이나 뽑아 읽었다. 덕분에 『호메로스』, 『일리아드』가 무엇이고 다산 정약용이 쓴 책이 무엇인지 아는 사람은 우리 반에 나뿐이었다. 학교 뒤쪽에 있는 화단 끝에 누런색 고양이 가족이 살고 있다는 것도 나만 알고 있던 사실이었다. 그러나 혼자 학교 안을 탐험하고, 책을 읽는 행동마저 어른들에게는 친구들과 어울리지 못해 겉돌고 있는 것으로 보인다는 것도 그때는 몰랐다. 엄마는 술을 마시고 집에 들어와 나에게 ADHD이기 때문에 아무 것도 제대로 할 수 없을 것이라고 말했다. 그때 엄마가 한 말이 얼마나 큰 상처가 됐는지도 잘 몰랐다. 나는 지금 앉아서 10시간 연속 원고를 쓰고 있다.

나는 또래들의 인간관계에서 동떨어진 채 혼자만의 세계에서 표류했다. 그 과정에서 자연스럽게 게임에 빠졌다. 최소한 온라인에서 나는 되도 않는 이유로 차별받거나 하지 않았다. 방학이 되면 하루 종일 방 안에서 컴퓨터 게임만 해댔다. 자녀가 매일 방에서 모니터만 보고 있으면 부모로서 걱정이 될 법도 한데, 엄마는 내가 게임하는 것에 별 신경을 쓰지 않았다. 오히려 꽤 괜찮게 생각했다. 컴퓨터를 잡고 있을 때는 얌전했으니까. 수시로 밥이나 간식을 달라고 조르지도 않고 말이다.

그러던 차에 엄마가 내 게임 중독 증상에 관심을 가지게 된 건, 드디어 내가 친 사고 덕분이었다. 엄마 지갑에서 돈을 훔쳤다. 온라인 게임 캐시 충전을 하기 위해서였다. 이전에도 용돈이 부족해 엄마 돈을 훔친 적이 있긴 했지만 한참 가세가 기울 때 저지른 탓에 파장이 더 컸다. 화가 난 엄마는 나를 병원에 두 달간 가둬 버렸다.

장담컨대 그 두 달은 내 인생에서 가장 지옥 같았던 시기였다. 한참 뛰어다닐 나이에 좁아터진 병원에 갇혀서 뭔가 이상한 어른들의 틈바구니에서 생활해야 했기 때문이다. 나는 정신 병동에서 환자복을 입고 제정신으로 취급받는 게 불가능한 일임을 하나 더 깨달았다.

모두가 잠든 밤에 혼자 울어댄다는 이유로 독방에 갇혀 진정제 주사를 맞았다. 어른과 똑같은 양의 진정제 주사를 맞고 기절하듯 잠들었다. 그게 싫어서 주사를 피해 도망쳤더니 독방에 가둬 버렸다. 독방에서 꺼내 달라고 펑펑 울면서 빌었더니 문이 열렸다. 문이 열리자마자 보인 거구의 남자 간호사는 날 꺼내려고 온 것이 아니라 침대에 사지를 묶으러 온 것이었다. 발버둥치는 내 손을 제지하는 간호사의 눈빛에는 알 수 없는 독기마저 느껴졌다. 지금 이 부분은 자세히 떠올리고 글로 써내는 것조차 두렵고 힘들다.

병동에는 창문도 거의 없었다. 아마 창밖 풍경이 환자들의 일탈 욕구를 자극한다는 이유 때문이었던 것 같다. 외출도 없는 병원에서 화장실에 달린 환기 용도의 창문으로 벽뿐인 바깥을 쳐다보는 것이 거의 유일한 낙이었다. 병원에는 컴퓨터도, 게임기도 없었다. 딱 한 대 있었던 텔레비전은 하루 종일 다른 아저씨 또는 아줌마들의 차지였다. 텔레비전 옆에 위치한 작은 책꽂이에는 나 말곤 아무도 읽지 않는 책들이 열 몇 권정도 꽂혀 있었다. 병원에 들어간 지 한 달도 채 안 돼 병동 안에 있는 책을 다 읽어 버렸고, 다시 읽는 책은 견딜 수 없이 지루했다. 이후 온종일 침대에 누워 멍하니 천장을 바라보다가 밥이 나오면 먹고 똥이 마려우면 싸고 졸리면 자는 날들을 지속해야 했다. 엄마는 면회를 딱 한 번 왔다. 엄마는 미안하다고 했다. 대체 뭐가 미안했던 건지.

두 달 후 살이 잔뜩 찐 채로 퇴원했다. 하는 일 없이 병원에서 먹고 싸는 일만 반복했으니 당연한 결과였다. 간신히 지옥 같았던 병원에서 벗어나 학교로 돌아갔지만 정상적인 일상으로 돌아가는 데에는 아주, 아주 오랜 시간이 걸렸다. 나는 학교에서 말 한마디 안 하는 주변인 신세로 전락했다. 선생님들은 내게 어떤 기대도 가지지 않았다. 그저 사고 안 치고 가만히 있는 게 최선이겠지, 그렇게 생각했을 것이다. 그렇게 몇 달을 더 다니다 초등학교를 졸업했다. 초등학교 졸업식 때 제대로 찍은 사진이 한 장도 없다.

병원에서 갖고 나온 것은 없었던 뱃살과 경도 비만뿐이 아니었다. 나는 강박증 환자가 되었다. 병원 침대에 누워 있다가 문득 책상 끄트머리에 놓인 컵이 금방이라도 떨어져 깨질 것 같은 불안감을 느꼈다. 견디기 힘들어서 손을 벌벌 떨기 시작한 나는 보이는 컵을 족족 닿은 면의 가장 중심부로 옮겨 놓는 짓을 했다. 내 행동을 관찰한 수간호사는 담당 의사에게 내가 강박 증세를 겪는 것 같다고 보고했다. 병원에 들어오기 아주 전부터 앓고 있었던 증상인 것처럼.

퇴원한 후에는 좁은 공간에 혼자 있어도 미칠 것 같은 기분이 들었다. 좁아터진 내 방은 물론 아파트를 오르내리는 엘리베이터에서도 마찬가지였다. 병원에 들어가기 전까진 단 한 번도 경험하지 못한 느낌이었다. 우리 집이 하필이면 아파트 꼭대기 층이라는 게 너무 화가 나고, 한편으로는 무섭게 느껴졌다. 혼자 엘리베이터를 타고 12층까지 올라갈 때면 중간에서 정체를 알 수 없는 누군가가 올라타 나를 잔인하게 칼로 찔러 죽일 것 같은 공포에 휩싸였다. 더 괴로운 것은 그런 말도 안 되는 발상에 빠져 별수 없이 허우적거리는 내 처지와 그걸 온전히 자각하는 내 정신 상태였다. 당시의 내게 주어진 선택지는 당장 괴롭기 짝이 없는 시간들이 계속 흘러가길 기다리는 것뿐이었다. 엄마는 때때로 병원에 가둔 일에 대해서 미안하다고 말했다. 엄마가 미안하다고 말할 때마다 병원에서 겪었던 일들이 떠올라 더 괴로웠다.

시간이 훌쩍 지나 서울로 올라왔고, 나를 정의하던 많은 정신의 학적 단어들, ADHD, 강박 장애, 조울증은 일상에서 서서히 투명해졌다. 그러나 대학에서 빠져나와 한동안 방안에 틀어박혀 글을 쓰거나 일만 하는 생활을 지속하니 손이 떨리거나 불시에 근원을 알 수 없는 불안감이 떠오르기 시작했다. 두려웠다. 또다시 정신병 환자가 되는 것일까? 고민하던 차에 지푸라기라도 잡는 심정으로 정신과에 가서 진료를 받아 보기로 했다. 엄청난 용기가 필요한 결심이었다.

요즘 제가 이상한 것 같아요. 힘도 쉽게 안 나고, 가만히 있다가도 갑작스럽게 울고 싶은 기분이 들어요. 모든 일을 제가 제대로 못하고 있다는 기분이 들고, 그래서 수시로 불안한 느낌을 받아요. 손가락이 파르르 떨리는 게 이런 불안감과 관계가 있는 걸까요? 쌓이는 스트레스를 뭘 잔뜩 먹는 것으로 풀다 보니 살도 좀 찐 것 같고, 혼자 멍하니 있는 시간이 예전보다 많아졌는데, 피로가 쌓였는지 잠도 너무 많고….

백발이 성성한 집 근처 정신과 의사는 이야기를 5분 정도 듣더니 내게 손바닥을 보이며 대화를 끊었다. 그리고는 우울증 내지 조울증 증세가 있는 것 같다면서, 다음 주에 예약을 잡을 테니 심리 검사를 해 보라고 했다. 검사를 하는 것까진 좋았다. 단지 검사 비용이 10만 원을 웃돌았다는 게 문제였다. 나는 돈이 별로 없었고, 그래서 정중히 심리 검사는 괜찮다고 하고 병원을 빠져나왔다. 이게 전부 합쳐 10분은 됐을까? 별 도움도 되지 않았던 정신과 의사와의 짧은 면담에는 무려 1만 5000원이라는 가격표가 붙었다. 나는 한동안 힘든 정신 상태를 그대로 유지했다. 글을 쓰는 것도, 일을 하는 것도 힘들었지만, 가만히 숨 쉬고 앉아 있어도 힘들다는 게 더 힘들었다.

여러 가지 사회생활, 조직 생활을 경험하면서 나는 조금씩 더 나은 사람이 됐다. 물론 그 뒤에는 나름의 노력이 뒷받침 됐고, 그 노력의 뒤에는 경제적 안정이 뒷뒷받침 됐기에 가능한 일이었다. 정신과를 꾸준히 다니며 검사를 받고, 필요한 약을 필요한 양만큼 처방받을 수 있는 여유가 생겼다. 그래서 집 근처 가장 평판이 좋은 병원을 찾았고 비전형 우울증 환자라는 판정을 받았다. 앞에 '비전형'이라는 접두사가 붙는 이 증상은 일반적인 우울증과는 달리 수시로 찾아오는 무기력증과 불안감, 느닷없는 폭식과 불면증, 열등감으로 인한 대인관계에서의 어려움을 동반한다. 내가 겪는 증상을 가장 정확히 설명하는 병명을 찾았다는 것, 꾸준한 상담과 약물 치료를 통해 얼마든지 정상적인 생활을 영위할 수 있다는 것에 형용할 수 없는 편안함을 느꼈다.

내가 겪는 여러 문제들이 태생적 약점이나 단점이 아니라 단순히 병리적인 현상이라는 걸 안 것만으로도 진심으로 안도가 되었다. 병은 치료할 수 있으니까. 고칠 수 있는 증상이니까. 항우울제와 함께 불안감과 무기력증을 억제시키는 약을 처방받아 지금까지 꾸준히 먹고 있다. 사회생활도, 인간관계도 예전과 비교할 수 없을 만큼 잘 유지하고 있다. 정신과 주치의는 내가 먹는 약을 안경에 비유했다. 잘 사용해서 교정할 수 있으면 얼마든지 다른 사람들처럼 생활할 수 있는 것. 처음에는 매일 아침마다 멘탈에 영향을 미치는 약을 먹는다는 게 적응이 안 되긴 했는데, 맞는 약을 잘 골랐는지 약을 먹고 나면 하루 종일 안정적인 상태로 일하고 활동할 수 있다. 가끔씩 빼먹을 때가 있긴 하지만 큰 문제는 없다. 약이라는 게 하루 이틀 빼먹는다고 효과가 다 날아가는 건 아니다.

몇 달 전부터는 상담도 받고 있다. 전문 카운슬러에게 매월 한 번씩 내 정서 상태와 고민거리들을 털어놓고 조언을 구하는 일이 생각 이상으로 큰 도움이 된다. 비용이 만만치 않기는 하지만 그만큼의 가치를 한다. 상담을 시작하고 전례가 없이 평안한 매일을 보내고 있다. 돈과 시간만 충분하다면 당장 너무 커 보이는 걱정거리들은 간단히 내 멘탈에 달린 문제가 된다. 돈과 시간이 충분한 사람이 거의 없어서 문제지. 이건 상담사도 해결할 수 없다.

나는 지금 정상적으로 살고 있다. 모두가 날 정상적으로 보고 대하기 때문이다. 정신적인 수렁에 빠지는 일은 쉽지만 빠져나오는 길은 훨씬 어렵고 험난하다. 요즘의 나는 만나는 사람들에게 내가 우울증 환자임을 아무렇지 않게 말하는데, 우울증 환자도 약물 치료를 하면서 이렇게 정상적인 생활을 할 수 있고 정신병은 그냥 멘탈에 난 병일 뿐이라는 사실을 인식시켜 주려는 작은 노력의 일환이다. 가뜩이나 살기 힘든 세상에서 힘든 티조차 쉽게 낼 수 없다면 더 힘들고 비참하다. 나는 오랜 시간 동안 정신병자로 불편한 대우와 차별을 견뎌야 했다. 과연 정신병을 만들고 인지시키며 깊어 가게 만드는 일이 내 몫이었을까? 꽃이 이름이 불릴 때 비로소 꽃이 되듯 삶은 누군가 불러 주는 이름처럼 굽이친다. 내가 문제아라고 불렸기 때문에 문제아가 됐던 그때처럼.

CHAPTER 4

홀로서기

일
시간을
돈으로
바꾸는 일

돈만 있으면
잘 살 수 있다.

사람은 일을 하며 산다. 일이라는 말의 개념이 정확히 어떤 카테고리를 일컫는 것인지는 몰라도 대강 알아들으리라 생각한다. 또 식상하게 백과사전이 일을 어떻게 정의하고 있는지 인용하는 문장을 쓰고 싶지는 않다. 어차피 일이라는 건 갖다 붙이면 다 말이 되니까. 숨 쉬는 것도 일만 붙이면 숨 쉬는 일이 되고, 사랑하는 것도 일을 붙이면 사랑하는 일이 된다. 심지어 노래 제목도 있다. 사실 사람들이 항상 일을 하는 이유는 일이라는 단어의 무한한 가능성 때문이기도 하다. 일을 하고 있는 순간마저도 일을 하지 않는 일이나 쉬는 일이라는 말로 정의될 수 있으니까. 말이 안 되는 말이다.

하지만 통상적으로 일이란 명백히 돈과 관련이 깊다. 솔직히 백과사전을 보지 않고도, 일이라는 걸 내 시간과 에너지를 일정한 돈으로 치환하는 작업이라고 대충 씨부리더라도 아주 틀린 말은 아니다. 실제로는 어느 정도 맞는 말이기까지 하다. 시급, 주급, 월급, 연봉에 이르기까지 일은 내가 들인 시간을 돈으로 바꿀 수 있다. 차이가 있다면 사람에 따라 시간의 가치가 천차만별로 책정된다는 것 정도지. 사람의 가치는 곧 그 사람이 가진 시간의 가치가 되고, 시간에 따라서 사람의 가치는 변한다. 몇 년 전 내가 편의점 알바를 하면서 벌었던 돈과 지금 당장 스타트업 마케터들을 상대로 콘텐츠 제작 강연이나 소규모 그룹 과외를 뛰어서 버는 돈은 같은 시간이더라도 크게 다르다.

물론 사람은 돈만 있으면 잘 살 수 있다. 그래서 사람들이 열심히 일을 해서 돈을 버는 거고. 사람은 돈만 가지고 살아갈 수 없다는 그런 동화 속 교훈 같은 이야기를 여기서 해야 하는가? 난 그러기 싫은데? 난 요즘 돈이 많아서 좋고, 예전보다 훨씬 잘 살고 있다. 방금 한 이야기는 이 책을 관통하는 가장 핵심적인 문장이다. 옛날에는 돈이 마냥 최고라고 생각한 시절이 있었는데, 시간이 지나 보니까 돈은 진짜 완전 최고다. 부디 이 책을 읽는 사람들 모두 돈 많이 벌길 바란다. 돈은 존나 짱이고, 많으면 좋다. 단지 불법적인 방법만 쓰지 마라.

새벽 4시, 야간 편의점 아르바이트를 하던 나는 재고 정리를 대충 끝내고 휴대폰이나 하며 시간을 때우고 있었다. 당시 시급은 4000원이었다. 야간 편의점 아르바이트의 장점은 시간이 많다는 것이고, 단점은 시간이 많다는 것이다. 내가 일하던 곳은 대로변에 붙은 편의점. 한 시간에 한두 명 꼴로 오는 손님에게 카드를 받고, 긁고, 담배 이름을 잘 알아듣고, 정확하게 한 갑을 뽑아 주는 게 하는 일의 대부분이었다. 돈을 벌기 위해 선택한 일이긴 했지만 정작 일을 하면서 '이런 건 로봇이 해도 되는 일 아닌가?' 같은 생각을 자주 했다. 농담 삼아 편의점 사장님에게 이런 이야기를 했더니, 사장님이 어이가 없다는 표정으로 대꾸했다. 야, 로봇은 암만해도 인간만 못 해. 로봇이 필라멘트를 팔리아멘트라고 알아듣기나 하겠냐. 인공지능이니 뭐니 해도 아직은 인간이 최고야. 사장님이 날 믿는 느낌이 들어서 조금 기뻤지만, 정신을 차려 보니 어느새 구글이 만든 인공지능이 이세돌을 바둑으로 꺾어 버리는 시대가 와 버렸다. 사장님… 당신은 틀렸어….

사람이 아무도 오지 않는 새벽의 편의점에서 알바는 대체 뭘 해야 할까? 원칙대로라면 매장 관리라고 바닥이나 좀 쓸고 닦고 매대에 있는 상품들 각을 일정하게 만드는 일들을 해야 하지만 불성실한 아르바이트였기 때문에 그러지 않았다. 대신 혼자 멍하니 생각하는 시간이 많았다. 이 단순 작업에서 내가 로봇과 구분되는 차이란 무엇일까? 기술적 특이점은 내가 살아 있을 때 이루어질 것인가? 기계 제국의 도래에 어떻게 처신해야 하는가? 스카이넷의 정체는 과연 무엇일까? 이따위 쓸데없는 생각들을 하고 있다 보면 편의점 밖 버스 정류장 너머로 해가 뜨곤 했고 하룻밤 동안 또 4만 원을 벌었다는 사실에 뿌듯했다.

오후 9시, 택배 소화물 분류 센터에서 열심히 상자를 날랐다. 대체 뭐가 처들어 있는지 크기에 비해 굉장히 무거운 것들만 걸려서 화가 났다. 물론 나는 힘이 센 편이 아니었기 때문에 어느 정도 배려를 받는 편이었다. 당시 화물 무게가 15킬로그램만 넘어가도 금방 휘청거리며 넘어질 뻔했다. 그때 시급으로 6000원 정도를 받았다. 컨베이어 벨트로 짐을 옮기는 길이 희미해질 때마다 다시는 이딴 일 안 한다고 생각했지만 통장 잔고 세 자리에는 장사가 없었다. 작업반장이 왜 그리 굼뜨냐고 다그칠 때면 피워 본 적도 없는 담배가 몰려오는 걸 느꼈다. 그땐 정말 인터넷으로 생수 시켜 먹는 놈들이 이해가 안 됐는데.

싸구려 면장갑 하나 끼고 화물을 옮기면서 가장 부러웠던 사람은 다름 아닌 추레라 아저씨들이었다. 그 놀라운 분들은 개 커다란 화물 트럭을 한 손으로 운전하면서 몇 톤의 화물을 간단히 옮긴 후 나보다 훨씬 많은 돈을 받아 갔다. 그야말로 마술 같은 일이 아닐 수 없었다. 내가 운전할 줄 아는 건 자전거뿐인데. 내가 땀을 삘삘 흘리면서 박스 수십 개를 옮기는 동안, 저쪽 멀리 여유롭게 담배를 피며 시간을 때우는 추레라 아저씨들을 보면서 새삼 능력이라는 게 얼마나 중요한가를 느꼈다. 와, 진짜 추레라 운전할 줄 알면 저렇게 쩌는 인생을 살 수 있구나. 한때 진심으로 장래 희망이 추레라 기사였던 적이 있었다.

시간은 자정, 바에서 설거지를 하고 있다. 홍대에 있는 레스토랑 겸 바에서 접시를 닦고 설거지를 하고 서빙을 하면서 받은 돈은 역시 시간당 6000원이다. 홀 서빙 구한다는 공고를 보고 갔는데 가장 많이 한 일은 다름 아닌 설거지였다. 물론 맨 처음에는 서빙을 시키긴 했는데, 내가 화덕에서 나온 피자를 받자마자 바닥에 내팽개치는 바람에 주방장은 웬만하면 내게 서빙을 시키지 않았다. 손님이 많아서 어쩔 수 없을 때는 꼭 떨어트리지 말라며 주의를 줬다. 그런 말하면 왠지 더 긴장되는데.

레스토랑의 장점은 그 자체가 밥집이라서 저녁 식사를 준다는 점이었다. 자정 즈음이 되면 주방장이 신호를 주고, 직원들은 삼삼오오 주방으로 모여 간단하게 식사를 했다. 직원들에게 해 주는 저녁은 손님들에게 파는 메뉴들과는 전혀 다른 음식들이었다. 파는 건 피자나 파스타 같은 거였는데 직원들한테는 제육볶음이나 카레밥 같은 걸 줬다. 콘셉트가 이상하기는 해도 맛은 있었고, 먹여 주면서 일시키는 것만 해도 어딘가 싶어서 주는 대로 잘 먹었다. 먹어야 일을 하니까. 물론 일하는 중간이라도 배고프면 안주 만드는 데 쓰는 냉동 망고나 피자 치즈를 한 주먹 쥐어서 입에 몰래 털어 넣기도 했다. 이건 여기서 처음 말하는 것이다. 사장한테는 미안한 일이지만, 일한 만큼 돈도 제대로 안 줬으니 피차일반이다.

그러던 어느 날, 저녁 식사 시간이 되어서 주방에 가는데 선임 하나가 지금 설거지가 밀렸으니 끝내고 오라고 말했다. 나는 대개 집에서 밥을 먹지 않고 출근했기 때문에 밤 12시쯤이면 딱 배가 극심히 고플 타이밍이었다. 그런데 설거지를 하고나서 먹으라니. 밥 먹는 거 기껏해야 10분 정도 걸리는데 먹고 하면 안 되느냐고 물었다. 그러자 기분 나쁘게 내 머리를 손바닥으로 밀면서 끝내고 오라며 툭 내뱉곤 밥 먹으러 가 버렸다. 욕이 튀어나올 뻔했던 걸 꾹 참고 설거지를 하러 갔다. 좆같지만 내가 뭐 어쩔 것인가. 안 싸우고 원만하게 돈 벌어먹으려면 시키는 대로 해야지. 최대한 빨리 끝내고 밥 먹을 생각이었다. 그릇과 컵이 잔뜩 쌓인 싱크대 위로 쏟아지는 수돗물 줄기의 틈 속에서 꼬르륵하는 소리가 울렸다.

선임이 하필 밥 먹기 전에 설거지를 시켰다고 삐져서 이런 이야기를 책에다 쓰는 게 아니다. 중요한 건 그 다음에 있었던 일이다. 설거지를 모두 끝내고 주방으로 갔더니 그날 저녁 메뉴는 닭볶음탕이었다. 그런데 내가 갔을 땐 닭볶음탕에 닭은 없고 그냥 감자와 당근뿐이었다. 그게 무슨 닭볶음탕이냐? 고기라고 할 수 있는 부분은 이미 다 먹어 치운 후였고, 그나마 남은 건 계륵 같은 부위…. 그렇다고 다른 반찬이 있는 것도 아니었다. 주방장은 왜 평소처럼 일찍 오지 않았느냐며 날 타박하곤 나가 버렸다. 주방에 혼자 남아 맨밥 한 그릇에 감자와 당근과 뼈다귀만 남은 닭볶음탕 국물로 배를 채우고 있으려니 맛을 떠나서 굉장히 기분이 나빴다. 물론 닭볶음탕 국물에 밥을 비벼 먹으면 맛있긴 하지만 어디까지나 닭을 먹고 나서의 이야기인데. 마음이 상한 나머지 주린 배에도 밥을 먹는 둥 마는 둥 나왔더니, 설거지를 시킨 선임이 밥은 잘 먹었냐며 이

죽거렸다. 얼굴을 때리고 싶었지만 참았다. 싸우면 내가 질 것 같았기 때문이다. 대신 다음 날 일을 관뒀다. 그 가게에 할 수 있는 최고의 복수였다. 보름치 급여를 받지 못한 것은 뼈아팠지만 그따위로 일하면서까지 돈을 벌고 싶진 않았다. 차라리 굶어 뒈지고 말지.

오후 2시, 노원역 인근 스터디카페에서 연세대학교 논술 기출 문제가 적힌 종이를 들고 입을 털고 있었다. 책상에는 네 명의 학생이 앉아 있다. 나보다 불과 한두 살 정도 어린 학생들을 상대로 과외를 했다는 게 지금도 좀 믿기지 않는다. 딱히 나이를 속이거나 하지도 않았고 게다가 논술로 대학을 가지도 못했다. 논술 전형으로 지원했던 대학에서는 모두 떨어지고, 정시로 겨우겨우 인서울이나 한 내가 어떻게 논술 과외를 했는지는 나도 잘 이해가 안 되는 부분이기 때문에 그냥 대충 넘어가기로 하겠다.

일주일에 세 시간씩 두 번, 한 학생당 30만 원을 받으면서 네 명을 상대로 그룹 과외를 했으니 괜찮은 장사였다. 아니, 내가 이전에 했었던 일들을 생각해보면 괜찮은 정도가 아니라 수지맞는 장사였다. 한 달에 24시간을 들여 120만 원을 벌었는데, 노원역까지 타고 가는 지하철 교통비와 스터디 룸 대여료, 학생들한테 사 주는 간식비(나도 먹었다.)를 빼면 100만 원이 조금 넘게 남았다. 대충 계산해도 4만 원이 넘는 시급! 극한의 효율이었다. 중도에 피키 캐스트에서 연락이 오지 않았다면 아마 계속 과외를 했을 것이다. 과연 그게 얼마나 갔을지는 미지수지만.

과외 선생으로 일하면서 얻는 가장 큰 장점은 당연히 돈이다. 적은 시간에 많은 돈. 당연한 거 아닌가? 돈 많이 버는 게 제일 좋다. 두 번째로 큰 건 리스펙Respect이다. 다른 일용직에서는 찾아볼 수 없는 장점인데, 교육업의 기묘한 특성에서 기인한다. 보통은 돈을 주는 사람이 갑이고 일해서 돈을 받는 사람이 을이지만, 교육업의 경우 왠지 을이면서 갑 같은 대우를 받으며 일을 할 수 있다. 고객에게 선생님 소리를 들으면서 일할 수 있는 직업은 결코 흔치않다. 거기에 엄청나게 효율적인 부를 축적시켜 준다. 과외는 당시 완벽한 직업이었다. 사실 과외가 대학생이 구할 수 있는 가장 좋은 직업이라는 걸 모르는 사람은 없다. 못 구해서 문제지.

오후 4시 30분, 신사동 가로수길 입구에 있는 엄청 큰 빌딩의 3층. 출근하자마자 사무실 윗층의 카페로 올라가 사원증으로 조각 케이크를 하나 사 먹고, 그대로 소파에 누워 잠이 들었다. 전날 새벽까지 주구 장창 게임을 해댄 탓이다. 잠에서 깨 보니 퇴근 시간까지 딱 한 시간 반 정도가 남았다. 하품을 길게 하며 다시 사원증으로 아메리카노를 한 잔 사서 사무실로 내려갔다. 다른 직원들이 이상한 눈빛으로 쳐다봤지만 별로 상관하지 않았다. 어차피 나는 왕따니까 뭐.

나는 회사에서 가장 잘 나가는 에디터였고, 아무도 내가 일하는 방식에 크게 터치하지 않았다. 심지어 업무 시간의 대부분을 잠으로 때우다가 퇴근 직전에 일을 처리해도 그랬다. 하루에 리뷰 하나 쓰는 게 할당량이었다. 포토샵 사용도 꽤 익숙해져서, 괜찮은 주제만 있다면 리뷰 쓰는 건 한 시간도 채 걸리지 않았다. 그렇다고 리뷰를 한꺼번에 많이 세이브해 놓는 건 내 스타일이 아니었기 때문에, 회사에서 의자에 앉아 있는 시간보다 소파에 누워 있는 시간이 더 많았다. 내내 자다가 일어나서 퇴근 직전에 콘텐츠 뚝딱 만들고 나서 바로 칼퇴근이 나의 일반적 회사 생활이었다. 새삼 내가 왜 회사에서 왕따였는지 이해가 간다.

그래 놓고 나는 다른 에디터만큼, 어쩔 때는 다른 에디터들보다 많은 돈을 받았다. 저딴 식으로 일하면서 매월 세금을 제하고 200만 원을 훌쩍 넘는 월급이 들어오는 건 내가 생각해도 좀 비양심적이었다. 사실 일베 사건이 아니더라도 어떻게든 회사에서 빠져나오게 되지 않았을까 싶다. 사내 위화감 조성도 이유 중 하나가 될 수 있겠지만, 회사에 들어간 지 석 달 정도가 지나고 심각한 매너리즘에 빠져 있었기 때문이다. 어떤 식으로 리뷰를 쓰든 월급은 꼬박꼬박 들어오니까 더 잘 쓸 필요가 없었다. 추가적으로 일을 찾아서 할 필요도 없었다. 그래서 정말 하고 싶은 대로만 했다. 애초에 입사할 때 이야기했던 부분이기도 했지만 규모가 작지도 않은 조직 생활에서 혼자 그렇게 막 나갔다는 게 지금의 나도 이해가 잘 안 된다. 그냥 그때는 너무 어렸던 나머지 함께 일하는 사람들의 신뢰를 잃는 게 어떤 의미인지 몰랐던 것 같다. 얼마 뒤 날 잡지 않는 회사에서 스스로 빠져나왔다. 나와 피키캐스트의 절단면은 너무 깨끗해서 슬플 지경이었다.

오후 3시, 신림역 근처에서 개발자와 미팅을 가졌다. 이 개발자와 함께 'RepublicDot'이라는 회사를 공동으로 창업하고 팀을 꾸렸다. 소위 말하는 스타트업에 뛰어든 것이다. '리뷰 공화국'이라는 리뷰 콘텐츠 중심의 커뮤니티를 혼자 만들어 운영하다 폭삭 망했는데, 그 과정을 보고 흥미를 느낀 개발자가 직접 연락을 했다. 함께 일을 해 보자는 이야기였다. 흔쾌히 수락했고 개발자는 나와 함께 일하기 위해 다니던 회사에서 자진 퇴사했다. 'RepublicDot'은 자진 퇴사한 두 명이 창업한 회사인 셈이다. ㅋㅋㅋ

'ReviewRepublic'은 동명의 다음 카페를 전신으로 시작한 웹 커뮤니티 서비스다. 디씨 인사이드와 차이가 있다면 온라인 콘텐츠의 수익화 측면에서 더 적극적이고 합리적으로 접근한다는 점과 모든 소통 과정이 실시간으로 눈에 들어온다는 것이다. 자문을 구하기 위해 수많은 투자처와 미팅을 가졌고, 그중에는 노골적으로 퇴짜를 놓거나 헛소리 취급을 하는 경우도 있었다. 일을 대하는 내 태도가 많이 바뀌었다는 걸 느낀 건, 예전 같았으면 온몸을 부들부들 떨며 분함에 잠도 못 이뤘을 일들을 겸허하게 받아들일 수 있게 된 시점부터다. 오는 사람이 있으면 가는 사람이 있기 마련이고, 일이 성공하고 실패하는 것은 병가지상사다. 사소한 변수에 신경을 분산시키기에는 원하는 그림이 너무 크다.

지금 하고 있는 일의 연봉은 마이너스다. 아직 수익화는 시작도 하지 않았고, 원고를 쓰고 있는 지금 시점에선 아무 투자도 유치하지 못했다. 드는 돈은 만만찮은데 버는 돈은 한 푼도 없는 상황이다. 그러나 500명 규모의 베타 서비스 테스트는 잘 진행됐으며, 초기 단계에서 발견됐던 수많은 버그와 기능적 허점을 메워 가면서 점점 괜찮은 서비스가 되고 있다. 물론 이 책이 출간되어서 사람들이 읽고 있을 시점에는 어떻게 되어 있을지 모른다. 늘 그랬듯 폭삭 망해 버렸을 수도 있고, 뭐 조금 뵈줄 만한 레벨이 되어 있을 지도 모른다. 미래는 알 수 없다.

일과 돈은 결코 분리되기가 쉽지 않지만, 요즘은 아예 불가능한 것도 아니다. 얼굴도 모르는 사람 수천 명의 리뷰를 보겠다고 사비 500만 원을 들이부었고, 지금도 마찬가지로 돈이 안 되는 짓거리들만 골라서 해대는 중이다. 그런데 의욕과 정신 상태는 전례 없이 우뚝 솟은 상태다. 이래서 사람 일이 오묘하다. 돈이 되는 일 앞에서는 마땅한 의욕도 없이 방황해 놓고 이딴 말도 안 되는 프로젝트에다 온갖 에너지와 아이디어를 쥐어 짜내다니. 어쩔 땐 영 곤란한 기분도 들지만 핵심은 지금 재미있고 지금 즐겁다는 것이다. 내 통장 잔고를 높이는 일과 내 시간의 가치를 높이는 일은 꽤 비슷하면서도 많이 다르다.

구태여 책 지면을 할애해 가며 이런 병신 같은 이야기를 그럴듯하게 늘어놓는 것에 큰 의미가 있지는 않다. 나는 항상 의미 있는 행동만 해오지 않았다. 오히려 의미가 없는 행동들만 해댔다. 그러나 나는 굳이 결론을 내기 위해 뜬금없이 정리하는 문장으로 가야만 한다. 어쩔 수 없다. 원고를 쓰는 건 나이지만 원고를 책으로 옮길지 말지 결정하는 건 편집자의 몫이니까⋯. 너무 되도 안한 글을 써 대면 다음 번 미팅 땐 책 끄트머리로 머리를 찍힐지도 모른다. 책은 판례상 무기가 아니라고 들었다.

단순히 돈을 버는 것에서 인생의 가치를 높일 수 있다면 그만큼 행복한 일도 없을 것이다. 내 모든 변화는 통장 잔고의 변화 없이 이루어지지도 않았을 것이다. 완전한 0 혹은 마이너스의 상태에서 닥치는 대로 꿈만 쫓아 봐, 죽을 각오로 노력하라는 말은 책임감 없는 말이다. 어차피 한 시간 입 털고 100만 원 땡기는 강연 자리인데, 머리에 핏기도 안 가신 청춘들 앞에서 훈계하듯이 하는 이야기에 무게가 실리면 얼마나 실리겠는가? 돈 한 푼 없는 상황에서 돈 안 되는 일을 쫓는 건 아사하기 딱 좋은 선택 혹은 주위 사람 여럿 귀찮게 만드는 추태다.

리얼리스트가 되어라, 그리고 이룰 수 없는 꿈을 꾸어라. 체 게바라의 명언이다. 체 게바라는 이 말을 하고 몇 달 뒤에 총 맞고 죽었다고 한다. 체 게바라처럼 똑똑한 사람이 총 맞고 죽는 꿈을 꾸지는 않았을 텐데. 딱히 이룰 수 없는 꿈도 아니었고 말이다. 뭐 어쨌든 간에 저 말은 좋은 말이라고 생각한다. 현실적인 꿈만 꾸라는 건 뚜껑 닫힌 병 속의 벼룩에게 너무 가혹한 말이다. 누구든 현실적인 꿈만 꿀 필요는 없다. 이룰 수 없는 꿈을 위해 어느 정도 현실로 돌아올 필요가 있을 뿐이다. 뚜껑부터 열고 해라. 두드리면 언젠가 열릴 것이고, 모든 일은 그다음에 즐거운 일이 될 것이다.

옷
주면 주는 대로
입어야 했던

옷을 살 때는 나에게 어울리는 옷을 사야 한다.

대학 합격 후 대구에서 서울로 올라오는 데 필요한 건 네 시간 동안 달릴 무궁화호와 캐리어 하나였다. 놀라운 것은 집에서 몇백 킬로미터는 떨어진 곳에 가서 자리를 잡는데, 짐이 달랑 가방 하나에 다 들어갔다는 부분이다. 서울로 갖고 올라올 만큼 가치 있는 것들이 많지 않기도 했지만, 결정적으로 옷이 별로 없었다. 기껏해야 청바지 하나에 티셔츠 몇 개, 추울 때 입을 외투와 속옷, 양말 정도. 입고 있는 옷도 같이 서울로 올라가는 셈이긴 했다. 어쨌든 서울역행 기차에 올라탈 때만 해도 가방에 든 게 별로 없다는 것이 다행이라 생각했다. 가벼웠으니까.

나는 옷에 그렇게 많은 신경을 쓰는 사람이 아니다. 고등학생 때는 더 그랬다. 하루 일과의 대부분을 학교에서 보내는데, 학교에서는 모든 학생이 교복을 입는다. 겨울에 입는 외투를 빼면 같은 학교 학생들끼리 입는 옷은 속옷의 차이뿐이었다.

대부분은 교복을 개성이 없다며 싫어하지만 나는 매일 똑같은 옷을 입는다는 게 편했다. 아침마다 무엇을 입고 나갈지 고민할 필요가 없고 다른 사람들도 내 옷차림에 대해 왈가왈부하지 않았기 때문이다. 교복을 입었을 때 받는 '학생으로서의 대우'가 '나로서 받는 대우'보다 좋기도 했다. 일단 교복을 입으면 남들처럼 평범한 학생으로 보였다. 그때는 모두가 비슷해 보인다는 게 안심되는 일이었다.

사실 내게는 옷에 관심을 가질 수 있는 환경 자체가 거의 주어지지 않았다. 학교에 가는 게 일과의 전부였다. 학원도 안 갔고 여행도 안 갔으며 친구들과 시내에 나가 놀거나 하는 일도 거의 없었다. 방학 때는 하루 종일 집에만 붙어 있었다. 그런데 집에서는 티셔츠랑 팬티만 입으면서 게임 캐릭터의 의상에는 신경을 많이 썼다. 다 이유가 있다. 입을 일이 있어야 입는 거에 관심을 가지지.

막상 옷 입는 데 관심을 가지더라도 그런 관심과 욕구는 금방 좌절되곤 했다. 우리 가족의 월수입이란 매월 20일에 엄마 통장으로 입금되는 최저생계비뿐이었으니까. 당장 아파트 관리비와 식비를 빼면 빚이 남는데 그 상황에서 날 꾸미기 위해 어떤 돈을 쓴다는 것 자체가 죄였다. 엄마는 불평 하나 없이 주는 대로 먹고 주는 대로 입는 것이 최선의 효도라고 말했다. 내가 처음으로 옷가게에 가서 직접 돈 주고 옷을 사게 된 것은 고등학교 3학년, 수능을 치르고 난 직후였다.

결국 옷, 아니 패션에 관심을 두기에는 물심양면으로 여유가 없었고, 설사 관심이 있어도 관철할 수가 없었다. 친구들 사이에서 노스페이스 패딩 열풍이 불던 시절에도 엄마에게 같은 패딩을 사 달라는 요구나 부탁을 할 엄두조차 내지 못했다. 엄마의 마음을 잘 헤아리는 효자였기 때문은 아니다. 단지 우리 집의 처지를 아주 잘 알고 있었고, 어떤 방식으로 졸라대든 고가의 패딩이 내 것이 되는 일은 없다는 것도 알고 있었을 뿐이다.

말이라도 꺼내 볼 수 있지 않았겠느냐고? 당시의 내게는 그조차도 힘들었다. 철없이 패딩을 사 달라며 졸랐을 때 돌아올 돈이 없어서 못 사 준다는 대답을 도저히 받아들일 용기가 나지 않았다. 옷을 가지고 싶지 않아서 그런 거지, 가질 수 없어서 못 가지는 게 아니라고, 생각만이라도 그렇게 하고 싶었다. 그렇지 않았다면 학교를 다니는 것도 힘들었을 것이다.

그렇게 대학생이 됐다. 대학은 고등학교보다 훨씬 넓고 비교할 수 없이 자유로웠지만, 내가 그 자유로움의 수혜자는 아니었다. 먼저 겉모습부터 고등학생에서 벗어나야 했다. 내가 들고 올라간 작은 캐리어 가방은 그런 측면에서 전혀 도움이 되지 않았다. 입학 직후 신입생 오리엔테이션에 참여했지만 내 모습은 영락없는 고등학생이었다. 그 덕분에 처음 보는 학과 선배들에게 꽤 얕잡아 보였고, 그날 밤 마셔 본 적도 없는 술을 타의로 몇 병이나 마셔야 했다. 그 이후의 일은 기억하고 싶지 않다.

수험생 시절 나는 대학에 들어가는 것만 생각했지, 대학에 들어

가고 나서의 일은 생각해 본적이 없었다. 뭘 알아야 상상이라도 하지 대학이 어떻게 생겼고 어떻게 굴러가며 대학생들이 어떻게 생활하는지 내가 알게 뭐란 말인가? 일단 대학에 붙으면 만사형통, 모든 게 생각처럼 잘 풀릴 거라는 생각만 했다. 옷도 멋있게 입고 동아리 활동도 하고 연애도 하고 학문에 정진하다 그렇게 졸업할 줄 알았는데 막상 대학에 와서 첫 단추를 잠그려니 단추가 달려 있지도 않은 그런 상황에 처한 것이었다.

대학에 다니려면 옷을 좀 사야 했다. 옷을 사려면 돈을 벌어야 하고, 돈을 벌기 위해선 일을 해야 하는데, 일을 하면 대학은 대체 언제 다니나? 그렇다고 고등학생 때나 입었던 옷들을 그대로 입고 대학가를 걸어 다니는 건 정말 싫었다. 돈이 없다고 대학생의 낭만 같은 걸 꿈도 꿀 수 없는 건 아니다. 엄마는 없으면 없는 대로 다녀야지, 무슨 돈이 있다고 옷을 새로 사 입고 다니느냐며 질타를 했다. 나는 내 의지와 전혀 상관없이 참아야만 하는 감정들 때문에 혼자 질질 짰다. 나도 스무 살인데, 나도 대학생인데.

도저히 고등학생 때 입었던 옷들을 고스란히 입고 계속 대학을 다니기는 싫어서 짬짬이 막일을 하면서 번 돈으로 옷을 하나둘씩 사서 모았다. 그런데 내가 몰랐던 사실이 있었다. 옷을 사 본 적이 좀 있어야 뭘 사서 입든 잘 입는다는 것이다. 돈도 별로 없는데 경험도 전무하니 잘못된 선택이 초래하는 리스크가 너무 컸다.

「GQ」나 「ARENA」 같은 잡지를 읽고 공부를 시도한 적도 있지만, 이런 남성 잡지에 나오는 것들은 대체로 있어 보이는 개소리다. 양 말 한 짝에 5만 원 하는 걸 갖다 신으라니, 정도가 있지.

그래서 가진 돈으로 최대한 많은 종류를 사는 전략을 택했다. 한 벌에 3000원하는 티셔츠, 5000원 하는 맨투맨과 1만 5000원 짜리 반바지 같은 것들을 마구 샀다. 매일 똑같은 옷을 입는 불상 사는 일어나지 않겠다는 계산이었는데 결론부터 말하자면 잘 안 됐다. 닥치는 대로 사댄 옷들은 하나같이 따로 놀았고, 나한테 어 울리지도 않았다. 그렇게 사 놓고 안 입는 옷들이 많아지고, 입던 옷만 입는 불상사가 또 일어났다. 돈도 써 본 놈이 잘 쓴다고, 나는 사서 병신 짓만 했다.

그중 가장 끔찍한 기억은 스키니 진이었다. 나는 어릴 때부터 야구를 해서 허벅지가 좀 굵은 편인데, 딱 붙는 스키니 진을 샀더 니 대참사가 일어났다. 사이즈가 아슬아슬한 걸 어떻게 껴입긴 했 는데, 도저히 벗을 수가 없었던 것이다. 도로 벗으려고 힘을 줄 때 마다 허벅지에도 힘이 들어가는 탓에 어떻게 손쓸 방도가 없었다.

결국 세 평 정도의 좁아터진 고시원 방바닥에 드러누워 약 두 시 간 정도 발버둥을 치다 문방구 가위로 바짓단을 직접 잘라서 벗겨 내야만 했다. 당연히 바지는 재기불능의 넝마가 되어 헌옷 수거함 에 들어갔다. 내 인생에서 가장 아까운 2만 5000원이었다. 119를 부를 생각도 해 봤는데, 누군가에게 그 모습을 보이는 순간 인간으로서의 존엄성이 모두 파괴될 것 같은 기분이 들어서 관뒀다.

　그렇게 대학생의 옷차림에 대해 감을 잡아가면서 극도의 스트레스를 받기 시작했다. 뭔 놈의 스타일이 죄다 비슷비슷해서, 흰색 옥스퍼드 셔츠에 발목이 살짝 보이는 크롭 팬츠나 슬랙스 따위를 입고, 김구 안경에다 발엔 워커나 로퍼 같은 것만 신어 주면 대충 보급형 대학생 패션의 완성이었다. 대학가에서 대충 대공황 시절 영국 노동자처럼 입고 다니는 애들을 보면 어렴히 대학생인 줄 알 수 있을 정도였는데, 그런 스타일이 내게는 전혀 어울리지 않았다. 린넨 셔츠를 입으면 팔이 안 올라가서 빡쳤고, 워커는 내 발에 빌어먹게 불편해서 신을 때마다 물집이 잡혔다. 쫙 달라붙는 바지들은 30분만 걸어도 형용할 수 없는 불쾌감을 느끼게 했다. 캠퍼스의 낭만이고 뭐고 다 때려치우고 싶은 마음이 들었다. 거동이 불편한데 학교는 무슨 학교.

　마구잡이로 산 옷들의 말로는 대체로 비참했다. 어떤 옷은 한 번 빨았는데 색이 다 빠지거나 헐어서 투명해지는 경우도 있었다. 단 한 벌을 사더라도 질 좋고 내게 맞고 가능한 오래 입을 수 있는 옷을 사는 게 중요하다는 걸 그땐 몰랐다. 어떻게든 다른 대학생들처럼 입어 보려다가 돈만 다 날린 셈이다. 어느 순간부터는 귀찮아서 그냥 추리닝을 입고 강의실에 나갔다. 복학생도 아니고 새내기였는데.

그렇게 의미 없는 대학 생활을 지속하다 결국 학교를 때려치우고, 얼떨결에 잘 나가는 벤처 기업에 특채로 입사해 돈을 꽤 벌기 시작하면서 옷을 살 기회도 점차 많아졌다. 안 입는 옷들은 몽땅 처분해 버리고 아예 새롭게 옷을 샀다. 그러던 와중에 뜬금없이 회사에서 나오게 됐지만… 전혀 의미 없는 노력은 아니었다.

요즘은 딱히 회사를 다니지도 않고, 기본 값은 재택근무이기 때문에 그냥 편한 옷 위주로 입고 있다. 특히 나이키에서 나오는 기능성 의류를 사 모으는 취미가 생겼는데, 한번 입기 시작하니 너무 편해서 더 이상 다른 옷을 못 입고 다니는 지경이 되어 버렸다. 간혹 업무 차 미팅을 갈 때도 웬만하면 기능성 의류를 입고 간다. 뭐 드레스 코드가 따로 정해져 있는 것도 아니고, 이렇게 입는다고 해서 뭐라고 할 사람도 없으니까. 혹시 몰라서 사람들한테 물어보니까 시원시원하게 입어서 보기 좋다고 했다. 뻥은 아니겠지.

옷 소재에 대한 관심도 많아졌다. 기능성 의류라고 다 비슷한 게 아니고, 어떤 소재는 땀을 흘릴수록 시원해지는 한편 어떤 건 땀이 나면 열을 발생시키기도 한다. 최근에는 웨이트 트레이닝을 시작해서 활동성에 더 초점에 맞춰 옷을 입는 경향도 있는 것 같다. 나이키 드라이핏 존나 좋으니까 다들 한 번씩은 꼭 입어 보길 권한다.

어쨌든 요즘은 좋다. 내가 번 돈으로 내가 입을 옷을 산다는 것. 내 스타일을 추구하는 데 죄책감을 느끼지 않아도 된다는 것. 내가 만든 스스로를 멋지다고 생각할 수 있는 것. 누군가에겐 당연했을 것들이 내게는 아직 축복 같은 일이다. 화장실 거울 속에는 하루 종일 글을 쓰다 이제 잠자리에 드려는 내가 옆머리를 긁고 있다. 거울 속의 내가 입은 통 넓은 나이키 티셔츠는 화려하지는 않지만 한없이 편안해 보인다. 티셔츠 한가운데 커다랗게 자리 잡은 스우시swoosh가 내 웃음과 닮았다.

커피
쓴맛에
길들여지는
과정

아메리카노는 쓰다.

고등학교 3학년, 대학 논술 시험을 치러 새벽부터 기차를 타고 서울역에 내려 난생 처음 서울 땅을 밟았다. 말은 제주도로, 사람은 서울로 가야 한다고, 태어나서 서울에 디디는 첫 발걸음이 감회가 새로울 만도 했지만 그렇지 않았다. 서울역에 도착해 가장 먼저 느낀 감정은 벅차오르는 감동 같은 게 아니라 극심한 배고픔이었다. 새벽 기차 안에서 아무것도 먹지 않고 네 시간 동안이나 있었으니 당연하다.

승강장에서 내린 후 계단을 올라가 로비에 도착해 가장 먼저 눈에 띈 것이 패스트푸드점이었다. 맥도날드와 롯데리아가 가벽 하나를 두고 이웃한 모습이 기이했다. 어쨌든 배가 너무 고파서 맥도날드에 갔다. 다른 식당은 몽땅 문을 닫은 상태라 별다른 선택지가 없었다.

맥도날드나 롯데리아는 원래 이른 오전 시간에는 다른 메뉴를 판다. 아침 식사대용으로 먹을 수 있는 간단한 머핀 같은 걸 파는데, 세트 메뉴를 시키면 까칠까칠한 빵 사이에 옵션에 따라 계란이

나 베이컨, 소시지와 토마토 등을 끼워 넣은 머핀과 해쉬 브라운, 커피를 같이 주는 식이다. 난 아무것도 모르고 기본 세트를 시켰다. 그리고 난생 처음으로 아메리카노를 접했다. 맥도날드 맥모닝 세트에 낀 덤으로.

시장이 반찬이라고 머핀은 퍽퍽했지만 생각보다 먹을 만했고 해쉬 브라운은 완전 짰지만 중독성이 있었다. 핵심은 덤으로 나온 커피였다. 패스트푸드점이니 당연히 콜라를 줄 거라 생각했는데, 웬 검고 냄새나는 물이 아주 뜨거운 상태로 같이 나온 것이다. 당연히 그게 커피인 줄은 알고 있었다. 누가 바보도 아니고. 문제는 그때까지 내가 먹어본 커피라곤 자판기에서 뽑아 먹는 커피, 레쓰비, 조지아 같은 캔 커피나 김태희 혹은 김연아가 붙어 있는 믹스커피 정도에 불과한 것이었고, 아메리카노는 십센치가 부른 노래이름 정도로나 인식했는데, 정말 뜬금없이 내 앞에 등장해 버렸다는 점이다.

서울에 처음 발을 디뎌 먹었던 음식. 맥도날드 맥모닝 세트 중에 머핀과 해쉬 브라운은 어느 정도 만족스러웠지만, 아메리카노만큼은 촌놈이었던 내게 너무 고역스러운 음료였다. 너무 뜨겁고 쓰고 향은 이상하리만큼 묘하고(나중엔 그게 좋다는 걸 알게 됐지만) 그렇다고 다른 마실 걸 사려니 주위 편의점은 다 문을 닫은 상태였다. 울며 겨자 먹기로 그 쓰고 검고 뜨거운 물을 후후 불어 마셨는데 문득 '이것이 바로 서울의 맛인가?'하는 이상한 생각을 했다.

아무리 쓰고 뜨겁고 낯설어도 다른 선택지가 없는, 살기 위해선 어떻게든 해야 하고 적응해야 하는 그런 생각. 지금 와 보니 아주 터무니없는 생각은 아니었다.

그로부터 몇 개월 뒤 나는 추가 합격 통보를 받고 얼떨결에 인 서울을 하게 됐다. 대학 합격에 대한 기쁨보다 당장 서울에 올라가서 어떻게 생활할지, 아니 과연 서울에 올라갈 수 있기나 할지를 걱정하고 있었던 차에 대학 입학식이 있다는 문자 메시지를 받았다. 친구에게 대학 입학식은 꼭 갈 필요가 없다는 말을 듣긴 했지만 그래도 가 보고 싶었다. 미리 학교를 둘러보지라도 않으면 마음의 준비를 전혀 하지 못할 것만 같았다.

그렇게 또다시 서울로 올라왔다. 이번에도 새벽 무궁화호 기차였다. 그쯤 되니 서울역에 도착했을 때의 피곤함은 친근한 수준이었다. 입학식이 시작하기까지는 약 네 시간 정도가 남아 있었다. 연신 하품이 나왔지만 딱히 잠을 청할 곳도 없었다. 끼니라도 때우려니 그 시간에 열려 있는 식당이라곤 없었다.

결국 하릴없이 대학교 정문 주위의 불 꺼진 상가들을 구경하며 걸었다. 술집과 편의점, 카페와 학원, 옷가게와 프랜차이즈 상점 같은 것들이 차가운 아침 공기와 뒤엉켜 이채로웠다. 건물 구석구석, 지하와 다락, 어떻게든 공간을 활용해 보려는 노력이 젠가처럼 조립된 광경이 다소 위태해 보이기도 했다. 아마 전날 밤에 뿌려진 것처럼 보이는 바 전단지와 그걸 연두색 빗자루로 한곳에 모으는 환경 미화원 아저씨. 그리고 그런 배경을 등지고 멍청하게 서 있던 나. 주머니 속에서 정적을 깨는 소리가 들렸다. 환경 미화원은 벨 소리를 듣고 반사적으로 날 쓱 보더니 다시 제 할 일을 했다. 머쓱한 기분과 표정으로 휴대폰을 꺼내 발신자를 확인했다. 작은 외삼촌이었다.

작은 외삼촌은 좋은 사람이 아니었다. 삼촌 본인은 한사코 좋은 사람처럼 보이기 위해 노력했지만(작은 삼촌은 명절에 용돈을 줬던 거의 유일한 친척이었다.) 왠지 나는 어렸을 때부터 작은 삼촌에게 설명할 수 없는 거부감을 느꼈다. 아마 작은 삼촌이 젊은 시절 대구에서 주먹을 쓰는 일을 했고, 그걸 기반으로 서울로 올라와 사업을 하고 있었기 때문일 것이다.

작은 삼촌은 내 친가와 외가 친척들을 통틀어 가장 돈을 많이 만졌다. 서울에서 성형외과만 서너 개를 운영했다. 그렇다고 해서 나와 엄마에게 득이 된 것은 전혀 없었지만 어쨌든 그랬다. 의과대학은커녕 대학 문턱조차 밟지 못한 작은 삼촌이 어떻게 서울대 출신의 엘리트 의사들을 거느리며 돈을 버는지, 어렴풋이 이유를 짐작하기는 했지만 모른 척했다.

삼촌은 내가 서울에 왔다는 것을 알고 있었다. 당연히 엄마가 말해 줬을 것이다. 전혀 이해할 수 없는 바는 아니었다. 자랑거리라곤 거의 찾아볼 수 없는 우리 집안에서 유독 꼴통 취급을 받던 내가 무려 '서울에 있는 대학'에 진학했으니까. 그걸 여기저기 자랑하지 않는다면 우리 엄마가 아니었다. 아마 입학식에 다른 학생들처럼 축하해 주는 가족도 없이 간다는 게 신경이 쓰였을 수도 있다. 엄마는 항상 그랬다. 의도와는 관계없이 내게 최악의 상황을 만드는 경우가 잦았다. 작은 삼촌을 만나기 싫었지만 작은 삼촌은 차를 타고 날 찾아왔다. 세상에는 단지 괜찮다는 말로는 막을 수 없는 것들이 너무 많다.

나는 학교 앞 은행 계단의 세 번째 칸쯤에 쭈그려 앉아 있었다. 작은 삼촌은 커다란 세단에서 내려 꾀죄죄한 모양새의 날 찾아냈다. 여기서 뭘 하고 있느냐는 질문에 입학식 시간보다 몇 시간 일찍 왔는데 갈 데가 없노라고 말했다. 작은 삼촌은 웃긴 소리를 한다는 표정으로 날 근처 카페에 데리고 갔다. 유명한 프랜차이즈 카페였다. 난 삼촌이 말해 주기 전까진 그곳이 카페인 줄도 모르고 있었다. 간판이 그렇게 커다랗게 있는데도.

작은 삼촌은 마시고 싶은 걸 고르라고 했다. 커피에 그렇게 많은 종류가 있는지 생전 처음 알았다. 명색이 커피 집인데 메뉴에는 '커피'라는 이름이 들어간 메뉴가 없었다. 카페 아메리카노가 뭐고, 카페 라테는 어디서 많이 들어봤는데 뭐지? 그 와중에 난 작은 삼촌 앞에서 더 이상 촌놈처럼 보이고 싶지 않다는 생각을 했다. 내게 주어진 시간은 단 30초 정도였고, 난 그 사이에 알 수 없는 말들이 또박또박 박힌 카페 메뉴판을 해석해 최적의 선택을, 아주 자연스럽다는 듯이 골라내야 했다.

고심 끝에 카페 모카를 주문했다. 이유는 단순했다. 모카라는 이름이 들어가니까. 어렸을 때부터 먹었던 모카맛 크림빵도 달았으니까, 카페 모카도 달지 않을까라는 유치한 계산이었다. 한편으로는 내가 내린 결정에 나도 놀랐다. 카페 모카라는 메뉴 옆에는 무려 5500이라는 숫자가 적혀 있었기 때문이다. 5500원! 밥도 아니고 고기도 아닌 고작 액체 따위가 한 잔에 5500원이라니. 작은 삼촌한테 얻어먹었기에 망정이지, 아무것도 모르고 카페에 와서 메뉴를 골랐다간 끝장이 났을 테다.

작은 삼촌은 아주 고급스러워 보이는 카드를 하나, 지갑에서 꺼내 카운터에서 계산을 마쳤다. 자리에 앉아 작은 삼촌이 하는 말에는 대충 대꾸를 하면서 커피가 나오기만을 기다렸다. 커피고 자시고 뭐라도 배를 채워야 입학식에 걸어갈 수 있을 것 같았다. 그렇지만 이와 별개로 작은 삼촌과는 대화를 하고 싶지 않았다. 이제 와서 뭘 도와준다는 것도 웃긴 일 아닌가? 난 별 개고생을 다하며 여기까지 왔는데.

드디어 커피가 나왔고, 탄성과 함께 휴대폰을 꺼내 사진을 찍었다. 이런 커피를 마신다는 것 자체로 복에 겨운 놈이 된 느낌이 들었다. 하얀 머그잔 위에 휘핑크림이 예쁘게 얹어 있고, 그 위에는 초콜릿인지 뭔지 가루 같은 게 뿌려져 있었다. 한 잔에 5500원이니 만만치 않을 거라곤 생각했지만 이 정도일 줄은 몰랐다. 그 때

받은 감동이 어느 정도였냐면, 커피 사진을 한동안 카카오톡 프로필로 썼을 정도였다. 없어 보이기 끝판왕이었다. 심지어 커피는 맛도 좋았다. 무지막지하게 달고, 무지막지하게 자극적인 첫 카페 모카의 맛. 그렇지, 역시 커피는 이런 맛이지. 왜 쓴맛을 돈 주고 사서 먹어? 지금 인생도 써서 죽겠는데.

여러 개의 잡일을 전전하며, 짬짬이 첫 책이었던『완전범죄』를 쓰던 때였다. 일은 많고, 마음은 급한데 원고는 지지부진했던 지독한 슬럼프 구간. 오랜만에 시간이 비었던 주말 아침, 웃통을 벗고 방 안에서 원고를 쓰고 있었다. 주중에 너무 피곤했으니 잠이라도 좀 더 자고 싶은데, 영 진행이 안 되는 원고 앞에서 머리를 쥐어짜고 있자니 숨이 턱턱 막혔다. 유난히도 더웠던 여름인데다 내가 있던 곳은 서울 복판의 3평짜리 고시원이었다. 당장 돈도 안 되는 이 일을 왜 하고 있는지, 왜 좋아하던 글쓰기가 이토록 고역인지를 생각하다가 넋을 잃고 되찾기를 수백 번 반복했다.

더 이상은 버틸 수 없었다. 대충 옷가지를 바닥에서 주워 걸치고는 공책 하나를 들고 밖으로 나갔다. 막상 밖으로 나가니 바람만 조금 불 뿐, 방 안과 별반 다르지 않았다. 어디라도 들어가야겠다고 생각하던 찰나, 길 건너편의 카페 하나가 보였다.

다짜고짜 카페로 들어가선, 카운터 직원에게 '커피 하나요.'라고 말하고 직불 카드를 내밀었다. 직원은 별 말 없이 카드를 받아 긁고는 '2500원입니다.'라고 말했다. 무슨 커피인지 말하지도 않고 그냥 커피라고 했는데. 뜨거운 건지 차가운 건지도 안 물어봤다. 내가 땀을 질질 흘리니 어련히 차가운 커피인 줄 알았던 걸까.

에어컨 바람을 제일 잘 받는 자리에 가서 퍼질러 앉았다. 갖고 온 공책은 펼칠 생각도 없이 엎드려서 숨을 흡흡, 크게 몇 번씩이나 쉬었다. 추태도 그런 추태가 없었다. 그러는 동안 카페 직원은 2500원짜리 커피를 내 앞으로 대령했다. 잼 병 같이 손잡이가 달린 기이한 형태의 컵에 얼음을 띄운 콜라와 비슷한 색의 액체가 유리로 된 컵 표면에다 성에를 뿜었다. 그게 아이스 아메리카노인 줄도 모르고 꿀꺽꿀꺽 마셨다. 나쁘지 않았다.

덕분에 그날 작업은 꽤 순조로웠다. 카페에서 커피를 1분 만에 다 마신 다음, 공책에 한 시간 동안 아이디어를 정리해 집으로 돌아갔다. 그리고 지난 2주 동안 못했던 원고를 하루 만에 끝냈다. 알고 보니 나는 좀 카페인이 잘 듣는 체질이었다. 카페인 섭취라고 해 봤자 캔 커피 같은 거나 마셔서 잘 몰랐지만, 아메리카노라는 마법의 음료를 마시고 느낀 변화를 몸은 기억하고 있었다. 맛이 쓰다 보니 잠이 깨는 느낌도 있었다. 이제는 쓴 커피가 아니면 만족할 수 없는 몸이 되어 버린 것이다. 그때부터였던 것 같다. 커피를 입에 달고 작업하는 습관이 생긴 게.

블라인드를 걷으니 봄 햇빛이 강렬하다. 오피스텔 창문은 너무 커서 채광이 아니라 차광을 더 신경 써야 한다. 시계를 보니 어느덧 오전 열한 시다. 새벽 3시쯤에 잠든 것 같으니 한 여덟 시간 쯤 잤다. 세수도 하기 전에 먼저 생수통을 하나 딴다. 그리고 전기 주전자 뚜껑을 열고 3초간 들이붓는다. 전원을 켜 놓고 화장실에서 세수를 하고 나오면 딱 물이 끓는다.

부엌 싱크대 선반에서 머그컵 하나와 유리로 된 핸드드리퍼를 꺼냈다. 집에서 직접 커피를 내리는 법은 생각보다 간단하다. 머그컵 위에 핸드드리퍼를 올려놓고 그 위에 여과지를 펼친 뒤 커피 가루를 적당히 넣고 끓인 물을 부으면 끝이다. 물을 한꺼번에 붓는 것보다는 조금씩, 천천히 조절하며 내리는 게 맛이 좋다.

군이 커피를 내려 먹으며 있는 척하는 것의 장점은 두 가지다. 계산상 훨씬 싸다는 것이 첫 번째, 카페에서 파는 커피들보다 카페인 함유량이 더 높다는 게 두 번째다. 단점은 설거지 거리가 두 배로 늘어난다는 것 정도다. 진짜 귀찮다.

전기 주전자를 빙글빙글 돌리며 커피가 내려가는 소리를 듣는다. 뚝, 뚜뚜뚝, 뚜뚝. 가만히 듣고 있다 보면 어떤 리듬 같기도 하고, 어떨 땐 모스부호 같기도 하다. 정말로 모스부호라면 그땐 진짜 커피의 말소리를 듣는 셈이 되겠지. 부엌과 거실로 커피 내리는 향이 순식간에 퍼진다.

몸
약자는
어째서
약한가

간접흡연은
건강에 좋지 않다.

나는 어려서부터 몸이 약했다. 선천적으로 약했던 건지, 아니면 환경 때문인지 정확히 알 수는 없지만 건강한 편은 아니었다. 언젠가 술에 거나하게 취한 엄마가 날 가졌을 때 일부러 계단에서 구른 적이 있었는데, 사지가 멀쩡하게 태어나서 놀랐다는 말을 했었다. 엄마는 그런 말을 했는지조차 기억하지 못하는 것 같았지만 그 말이 사실이라면 정말이지 사지가 멀쩡한 것이 문제가 아니라 죽지 않고 무사히 태어난 것만으로도 놀랍고 감사할 일이다.

물론 여기서 몸이 약하다는 것은 어디까지나 일반적인 범주에서다. 나는 몸이 멀쩡하고 정신도, 멀쩡하진 않을지 몰라도 책 쓰고 사람들과 무난하게 이야기를 나눌 수 있는 수준은 된다. 잘 걸어 다니고 뛰기도 한다. 그저 힘이 약했을 뿐이다. 나는 진심 좆밥이었다. 체구는 평균 수준이었고 온종일 굶고 다니는 것도 아니었는데 그냥 약했다. 싸움이 나면 비슷한 체구의 애들은 말할 것도 없고, 심지어 키가 10센티미터 정도는 작은 애들에게도 처참하게 처맞고는 했다. 어떻게 이런 이야기를 책에 아무렇지 않게 쓸 수 있나 하겠지만, 아무렇지 않지는 않다. 동년배에게 처맞은 기억이 유쾌한 기억으로 남기 위해서는 10년보다는 더 긴 시간이 필요한 모양이다.

엄마는 흡연자였다. 심각한 골초는 아니었지만 그렇다고 절제를 잘하는 것도 아닌, 이틀이나 사흘 정도에 걸쳐 한 갑을 다 피우는 정도의 그런 흡연자였다. 그래서 집에는 거의 항상 담배 냄새가 났다. 집 안에 있는 물건, 가구들이나 옷가지들도 마찬가지였다. 그러고 보니 엄마가 정확히 언제부터 담배를 피우기 시작했는지 직접 물어 본 적은 없었다. 그래도 추측컨대 꽤 젊은 나이부터 담배를 피기 시작했을 것이다. 적어도 가장 오래된 기억 속에서도 엄마는 담배를 태우고 있었으니까.

그 덕분에 나는 담배 냄새에 큰 거부감이 없다. 유일한 가족이었던 엄마가 흡연자였고, 흡연 구역이 없던 시절의 PC방도 어릴 적부터 잘만 다녔다. 몸이 다 크기도 전에 간접흡연을 어마어마하게 해댄 셈이다. 담배 냄새가 좋아서 일부러 찾아다닌 것은 절대 아니었다. 단지 갈 수 있었던 곳이 담배 냄새가 나는 곳밖에 없었을 뿐이다. 그래서인지 나는 늘 폐가 안 좋았다. 조금만 오래 뛰어도 심각하게 숨이 찼다. 달리기도 50미터는 평균 정도 수준이었지만, 그 이상 넘어가면 항상 꼴찌였다.

그나마 다행인 것은 간접흡연은 오지게 했으되 직접 흡연은 하지 않았다는 점이다. 어렸을 적부터 나름의 소신이 있었거나 엄청

착한 모범생이라 그랬던 것은 아니고, 그냥 찌질이라 담배를 입에 대볼 배짱조차 없었다. 허구한 날 힘없이 담배 연기를 뿜는 엄마의 모습을 보면서 담배 피우는 게 전혀 멋있는 일이 아니라는 걸 잘 알고 있었기 때문이기도 했다.

생각해 보면 엄마는 나의 신체적 성장에 크게 관심을 가지지 않았다. 물론 크게 관심을 가질 만한 상황도 아니었지만 다른 엄마처럼 '우유를 마셔야 키가 크지.'나 '일찍 자야 키가 쑥쑥 자라지.' 같은 말도 하지 않았고, 당시 유행하던 키 크는 약, 성장 촉진제 같은 것에도 일절 관심이 없었다. 나도 마찬가지였다. 우리에게 무엇을 먹는다는 건 배를 채우고 맛을 느끼는 것 외에 어떤 의미도 없었다. 엄마는 '고기반찬을 먹든, 물에 밥을 말아 김치랑 먹든 똑같은 한 끼다.'라는 말을 자주 했다. 나는 별 반박도 하지 못했다. 맛이 있고 없고의 차이만 있을 뿐 배만 차면 다 비슷했으므로.

그래서 나는 최저 비용으로 최대의 양을 먹는 것에 집착하는 습관이 생겼다. 어차피 한 끼 때우는 데에는 라면이 가장 싸게 먹혀서 어릴 때부터 라면을 엄청나게 먹었다. 그마저도 비싼 라면은 돈이 아까우니 가장 저렴한 라면을 박스째 사서 배에서 소리가 날 때마다 끓여 먹었다. 지금도 내 몸을 구성하는 성분 중 1할 정도는 어렸을 때 먹었던 라면이 아닐까 생각하기도 한다. 라면 국물로 엄청난 나트륨과 지방을, 쫄깃한 면발로 고열량의 탄수화물을 섭취한 셈이다. 이제 보니 라면은 정말 생존이라는 기능에 너무나 충실

한 식품이다.

당장 나라에서 생활비와 쌀을 받으며 생활하던 엄마와 나에게 영양까지 따지며 먹는다는 것은 어불성설이었다. 있으면 먹고, 없으면 못 먹었다. 거기에 시종일관 집안을 떠돌아다니는 담배 연기까지 내 성장 환경은 성장에 크게 도움이 되는 환경이 아니었다. 그래도 나는 키가 174센티미터까지 컸다. 엄마는 키가 160센티미터 중반이고 돌아가신 아빠는 엄마보다도 키가 작았는데, 내 키가 이 정도나마 큰 것은 신기한 일이긴 했다. 내 키를 보며 엄마는 '역시 엄마가 키가 크니까 너도 많이 크는구나.' 하며 뿌듯해 했다. 지금 생각해 보면 그 때 내가 큰 것이 뿌듯했던 건지, 아니면 엄마의 큰 키 유전자가 증명되는 것이 뿌듯했던 건지 잘 모르겠다.

내 몸을 처음으로 관심 있게 살펴본 것은 고등학생 때 즈음이었다. 그때 나는 전형적인 ET형 몸매였다. 영양은 전혀 신경 쓰지 않고 처먹었으니 당연하다면 당연한 결과였다. 뚱뚱하지도, 그렇다고 비쩍 마르지도 않았지만, 팔다리는 가늘고 배는 불룩 튀어나온 그런 형태. 몸은 늘 무거웠고, 바깥 활동을 조금만 해도 얼굴에 기름기가 묻어 나왔다.

저주받은 내 몸을 조금이나마 극복해 보려 노력했지만, 그 상황에서는 택도 없었다. 다이어트도 돈이다. 라면 먹을 돈으로 살 수 있는 다이어트 식품은 없다. 식단 조절은 원래 자신과의 싸움인데, 내게는 돈과의 싸움이었다. 닭 가슴살, 샐러드, 과일 다 좋다. 잘 먹는다. 있으면 먹는데, 없으니까 문제였다. 제한적인 상황에서도 조절이 가능할 수는 있겠지만, 알려줄 사람이 없었다. 딱 한 명 있던 가족은 나의 이런 고민에 도움을 주기는커녕 한없이 부정적이었다. 딱 괜찮고마는, 뭘 살을 뺀다고? 그냥 굶어라. 그럼 빠진다. 요즘 고기랑 과일이 얼마 하는 줄 아나?

그런데 웃긴 건, 그런 몸 상태와는 별개로 운동을 아주 좋아했다는 점이다. 뛰는 것 자체는 별로 좋아하지 않았는데, 구기 종목은 대부분 좋아했다. 물론 축구나 농구처럼 엄청 뛰어야 하는 운동은 잘하지 않았고(하는 걸 좋아하긴 하는데 너무 못해서 친구들이 안 끼워 줬다. 두 종목 다 드리블이 너무 느렸다.) 야구를 자주 했다.

나는 야구를 좋아했다. 달리기 100미터 뛰는 건 죽을 만큼 힘들어하면서 야구공 던지는 일은 100번이고 200번이고 지치지 않았다. 학교가 끝난 후 친구들과 캐치볼을 서너 시간 가까이 하다 보면 해가 졌다. 야구가 끝나고 집에 도착하자마자 냉장고에서 꺼내 마시는 보리차는 집에 있지도 않은 꿀맛이 났다. 지금도 야구는 무지 좋아한다. 같이 할 사람이 주변에 없어서 잘 못하고 있지만.

시간이 흘러 대학 자퇴 후 팔꿈치에 염증이 생겨서 당분간 야구를 못하게 됐는데, 그때 우연히 접하게 된 것이 농구였다. 자취방 근처에 농구 코트가 있었기 때문이다. 혼자 몸 풀면서 연습하기 좋은 종목이기도 했고. 생각해 보니 별 이유 없었던 것 같다. 온종일

일을 하다 저녁에 집에 돌아와 땀에 쩐 상태로 농구공을 들고 그대로 농구 코트로 향했다.

거의 반년은 혼자 농구를 했다. 졸라 못했기 때문이다. 뭐든 처음부터 잘할 수는 없다지만 좀 심했다. 농구는 공을 잡고 있지 않을 때도 끊임없이 움직여야 하고, 점수가 비교적 쉽게 나는데다 템포도 빨라서 단시간에 어마어마한 체력을 소모시킨다. 당연히 저질스러운 폐활량을 탑재하고 있었던 나는 농구의 속도에 따라가지 못했고, 한동안 아무도 없는 농구 코트에서 슛과 드리블을 연습하는 시간이 계속됐다. 다리 사이로 드리블하고, 등 뒤로 치고, 리바운드를 잡고, 달려가다 페이크 넣은 후에 레이업. 기본기 없이 내가 하고 싶은 대로만 연습했다.

그 짓거리도 거의 매일 하다 보니 도움이 되기는 했다. 한 번 나가면 두세 시간은 기본으로 연습하니 드리블과 슛은 차츰 눈뜨고 못 봐줄 정도에서 벗어났고 체력도 많이 늘었다. 게임에서 HP 정도로만 읽던 체력이라는 게 현실에서 늘기도 한다는 것을 처음으로 체감할 수 있었다.

그런데 정작 길거리 농구를 붙으면 실수가 잦았다. 쓸데없이 시간을 끌다가 체력을 낭비하고 돌파를 시도하면 수시로 막혔으며 리바운드는 상대편 몸통에 밀려 잡을 엄두도 못 냈다. 피지컬 문제였다. 체력이 아무리 좋아져 봤자 멸치는 멸치였다. 몸무게만 나갔을 뿐 뱃살은 여전히 두툼했다. 그런 뱃살을 달고 뛰니 점프력도 형편없었고, 수시로 슛을 블록 당하기 일쑤였다. 그렇다고 키가 큰 것도 아니어서 동네 길거리 농구에서조차 경쟁력이 전혀 없는 처지였다. 한 번은 같은 사람에게 슛을 세 번 블록 당했는데, 티는 안 냈지만 속으로 비웃음 당하고 있음을 느낄 수 있었다. 나보다 작은 놈들한테 처맞을 때도 이런 생각을 못했었는데 농구 때문에 강해질 필요를 느꼈다. 나라는 인간의 계기란 참 형편없을 정도로 뜬금없다. 근데 뭐 어떤가? 뭐가 됐든 계기가 생겼다는 게 중요한 거지.

시간은 충분했다. 물론 예전에도 마찬가지였지만 단 한 가지 다른 게 있다면 지금은 돈이 있다. 회사에서 나와 혼자 프리랜서로 글을 쓰며 일을 하고 있고, 그래서 글 쓰는 시간만 빼면 다 여가 시간이다. 솔직히 마음만 먹으면 일주일 내내 아무것도 안하고 놀 수도 있다(편집자님 미안). 다만 그렇게 하면 다음 주가 힘들어지니까 안 할 뿐이다.

그래서 집 앞에 있는 헬스장에 등록했다. PT Personal Training (1:1 개인 트레이닝)도 신청했다. 한 달 월세 비슷한 돈이 나갔지만, 어차피 따로 돈 쓸 곳도 없기 때문에 큰 상관은 없었다. 이런 데라도 안 쓰면 모아 놨다 게임 현질에나 썼겠지. PT가 훨씬 유익한 소비였음은 두말할 것도 없다.

난생 처음 받아 보는 PT는 그야말로 별천지였다. 내 두 배쯤 되어 보이는 트레이너가 붙어서는 억지로 운동을 시켰다. 그리고 내 몸이 어떤 상태이고 어떤 근육을 어떻게 키워야 하며 어떤 운동을 얼마나 해야 하는지 일일이 설명했다. 아무것도 안 매달려 있는 벤치프레스도 못 들어 올려서 죽을 지경이었는데 트레이너는 무표정으로 구령을 셌다. 운동이 끝나면 온몸에 힘이 빠져 죽을 지경이었다. 그만둘까 생각한 적도 있었는데, 몇 번 하지도 않고 그만두는 것도 자존심 상한다 싶어 딱 두 달만 하기로 했다.

그러다가 정신을 차려 보니 어느새 몇 달이 더 지났다. 일주일에 이틀만 빼고 헬스장에 출첵하며 트레이닝을 했다. 트레이너는 근육이 성장하는 메커니즘과 운동하는 자세 같은 걸 상세하게 알려 줬고, 나머지는 내 몫이었다. 나는 선생님이 뭐 하라고 시키면 그대로 잘 하는 스타일이었다. 시킨 자세로 꼬박꼬박, 견딜 수 있는 중량을 조금씩 늘리며 운동한 결과 처음과는 비교도 할 수 없는 힘을 낼 수 있게 됐다. 시작할 땐 20킬로그램짜리 빈 철봉도 제대로 못 들었는데 이젠 데드리프트로 100킬로그램 가까이 들 수 있게 됐다. 물론 운동을 오래 한 사람들에게는 별 거 아닐 수 있겠지만 요즘도 문득 거울을 보면 어깨와 가슴 넓이가 1.5배 쯤 늘어난 내 모습에 놀라곤 한다. 익숙해지지가 않는다.

식단 조절 법도 배웠다. 단백질 보충제를 꾸준히 먹고 닭가슴살과 샐러드, 과일도 먹었다. 탄수화물과 지방 섭취, 체지방률이 상당히 낮아졌다. 그러면서 이게 몸 관리라는 것을 자연스럽게 깨달았다.

이 모든 변화의 시작은 돈이었다. 돈이 없었다면 헬스장도, PT

도 못 끊었을 것이고, 값비싼 단백질 보충제를 먹으면서 라면 대신 닭가슴살을, 쉰 밥 대신에 신선한 샐러드와 과일을 섭취하지도 못했을 것이다. 돈이 있다고 모든 게 쉬워지지는 않지만, 적어도 돈이 있어서 기회를 얻었다. 정신력과 의지력, 노력과 인내는 모두 기회가 주어졌을 때 비로소 쓸 수 있는 단어들이다. 불과 몇 년 전까지만 해도 나는 아무 노력도 하지 않는 쓰레기라서 이런 상태인 것이고, 몸이 좋은 사람들은 부단히 노력해서 저렇게 된 것이라고 생각했다. 틀린 말은 아니지만 몸이 좋은 사람들은 최소한 몸을 관리할 기회가 있었던 사람이다. 기회도 주어지지 않은 사람들에게 노력이나 정신력을 들이대는 것은 단순히 폭력적인 행동이다.

이제는 길거리 농구에서 꽤 활약을 할 수 있다. 살을 빼고 하체를 키우니 서전트 점프(수직 점프력)가 십수 센티미터는 늘어서 슛도 잘 넣고 리바운드도 꽤 잡는다. 나보다 키가 큰 사람의 슛을 블록 먹이기도 했다. 몸싸움에서 쉽게 지지 않으니 돌파도 할 수 있게 됐다. 길거리 농구의 특성상 같은 농구장에서 계속 농구를 하다 보면 똑같은 사람들을 매번 만난다. 날 세 번씩이나 불록한 사람도 그 중 하나였는데, 얼마 전에는 그 사람의 블록을 피해 얼떨결에 더블 클러치 레이업을 성공시켰다. 애써 태연한 표정을 지었지만 집에 돌아와 몇 번이나 그 장면을 상기했다.

책

창고에서
펼친
오래된 책

난쏘공은 엄청나게
많이 팔렸다.

『그리스 로마 신화』엄마가 알코올 중독 증상으로 잠깐 병원에 들어가 있는 동안, 외할머니 집에서 1년 정도 맡겨졌다. 엄마와 살던 동네와는 버스로 열 정류장 정도 떨어진 곳이었다. 갑자기 새로운 동네로 온 탓에 주변에 아는 친구가 없어 당연히 집에서 혼자 보내는 시간이 많았는데, 할머니가 성당에 나가 계시는 동안 혼자 할머니 집에 있는 책을 마구 꺼내 읽었다. 책이라도 읽지 않으면 할 일이 아예 없었다. 그나마 할머니 집에 있는 책이라 해 봤자 두꺼운 성서나 종교 관련 책자가 대부분이었는데, 그 중에서 그나마 읽을 만했던 것이 이 책이었다. 만화가 아니라 오로지 줄글 형태의 책이다. 초등학교 저학년이 읽기에 적절한 책은 아니었다. 요즘에 나오는 동명의 책처럼 캐주얼한 느낌도 아니고 그 때 기준으로도 상당히 오래된 티가 나는 책이었는데 전체 쪽수를 합쳐 약 600쪽 정도 됐었던 것으로 기억한다. 가장 재미있었던 파트는 역시 에로스(큐피드)와 프시케의 은밀한 만남 부분이었다. 아무래도 이 책을 몇 번이고 다시 읽은 이유는 적나라하기 짝이 없는 표현력 때문이 아니었나 싶다. 재미있는 사실은 당시 애무나 성기가 정확히 무슨 의미인지도 몰랐다.

『먼나라 이웃나라』 친구네 집이 이사했다고 해서 구경을 갔었다. 내가 살던 주공 임대 아파트 단지 바로 앞 쪽, 재개발이 끝난 새 아파트 단지로 가장 친한 친구가 이사 왔다고 했을 땐 기분이 꽤 좋았다. 그때는 뭐 그냥 친구 집이랑 가까우면 무조건 좋지. 놀러 간 친구네 집은 새로 단장한 아파트인 만큼 삐까뻔쩍했다. 엄마와 아빠, 형과 함께 사는 내 친구는 자기만의 방이 따로 있었다. 친구의 방은 우리 아파트 안방의 크기와 비슷했다. 처음 들어가 본 친구 방에서 가장 먼저 눈에 띄었던 건 벽에 붙은 거대한 책장이었다. 생전 처음 보는 이름의 책들이 소재를 막론하고 빽빽이 꽂힌 모습. 그 사이에 있었던 책. 나는 『먼나라 이웃나라』를 좋아했지만, 학교 도서관에는 한두 권밖에 꽂혀 있지 않았기 때문에 매일매일 다음 편이 들어오길 기다리던 참이었다. 그런데 친구네 집에는 아예 시리즈 처음부터 끝까지 죄다 꽂혀 있었다. 이건 어디서 난 거냐고(지금 생각해도 멍청한 질문이었다.) 묻자 친구는 '그냥 아빠가 사 놓은 건데?'라고 대답했다. 내가 엄청 놀랍다는 표정으로 책을 빤히 보자, 친구는 고맙게도 '야, 읽고 싶으면 그냥 그거 다 가져가서 읽어. 난 안 읽으니까.'라고 말했다. 그런데 난 빌려준다는 말보다 안 읽는다는 말이 더 충격적이었다. 아빠가 읽으라고 책을 사 준다는 것도 놀라운데, 얘는 사준 걸 읽지도 않는다니. 뭐야, 그럼 장식용인가?

　『난쟁이가 쏘아올린 작은 공』 외갓집 구석에 있는 창고에는 처음 보는 책들이 많았다. 엄마는 싫다는 눈치를 엄청 줬지만 외갓집에 가는 걸 좋아했던 이유 중 하나였다. 단점이 있다면 내가 건드리기 전까지 몇 년 동안 아무도 만지지 않았던 책들이라 먼지가 좀 심하게 쌓여 있었다는 점 정도였는데, 어느 날 큰외삼촌은 창고에서 책을 뒤지고 있던 날 보더니 원하는 책이 있으면 두세 권 정도 가져가도 좋다고 했다. 냉큼 두 권을 골랐는데 한 권은『이솝 우화집』이었고 나머지 한 권이 이 책이었다.『이솝 우화집』은 나와 연령대가 가장 잘 맞는 작품이라 술술 읽었는데, 이 책의 경우 앞부분을 조금 읽다가 때려치워 버렸다. 너무 옛날 책이라 글이 세로로 써져 있었기 때문이다. 내용도 좀 이상했다. 요즘 세상에 어떤 선생님이 학생을「제군」이라고 부르냐고. 외갓집에서 가져와 놓곤 집 구석탱이에 처박아 놨던 이 책을 다시 들추게 된 것은 몇 년 후, 수업 시간에 이 책의 내용 일부분을 다루게 됐을 때다. 국어 선생님은 '난쏘공'이 엄청나게 많이 팔린 스테디셀러고, 여태껏 200쇄가 넘게 찍혔다고 말했다. 내가 들춰본 이 책은 34쇄였다.

　『열하일기』연암 박지원에 대해 처음 관심을 갖게 된 것은 교과서에서 읽은 『허생전』 때문이었다. 내가 살던 아파트 단지에는 대개 과일 장수나 야채 장수가 트럭을 몰고 와서 장사를 했는데 가끔씩 부채나 효자손 혹은 책을 파는 사람들이 찾아오기도 했다. 학교에 갔다가 집에 돌아오는 길에 중고 책을 파는 노상을 봤고 무슨 책이 있나 하고 둘러보다 눈에 들어온 것이 이 책이었다. 엄청나게 관심이 있었던 건 아니고 '아, 박지원. 나 얘 아는데.' 같은 느낌이었던 것 같다. 마침 떨이로 파는 책이어서 가격도 딱 천 원. 내 용돈으로도 충분히 살 수 있는 책이어서 덜컥 사 버렸다. 내가 읽었던 박지원의 작품이라고 해 봤자 교과서에 나온 허생전이 전부였고 그래서 이것도 대충 비슷한 소설이겠거니 샀던 건데 알고 보니 진짜 제목처럼 일기였다. 일기라니. 보통 일기는 다른 사람에게 잘 안 보여주지 않나? 지가 청나라 갔다 온 이야기를 줄줄 풀어썼는데 그게 아직도 남아서 후손들에게 조리돌림을 당하고 있다는 걸 알면 어떤 표정을 지을까. 내용은 수백 년 전 사람이 쓴 것 치곤 꽤 재미있었다. 해석 없이는 이해할 수 없었던 부분이 많아서 좀 짜증이 나긴 했는데 관찰한 것을 이렇게 상세하게 적을 줄 아는 사람이라면 실제로 꽤 재밌는 사람이었을 거라 생각했다. 만약 박지원이 살아 돌아와서 나와 대화를 할 수 있게 된다면 딱 한 마디만 해주고 싶다. 조선은… 망했습니다….

『동물농장』 개인적으로 해외 소설을 즐겨 읽는 편은 아니다. 아니, 사실은 책 자체를 별로 안 읽긴 하지만 영어로 쓰인 글을 한국어로 번역했을 때 나타나는 미묘한 어색함이 싫다. 언어에는 각 언어만이 전달할 수 있는 감성이 있다고 생각한다. 그런 측면에서 영어로 처음 쓰인 글을 한국어로 번역해 읽는다는 게 원작과 완전히 똑같은 느낌을 줄 수는 없을 것이다. 그렇다고 조지 오웰이 저 멀리 떨어진 반도 국가의 독자들을 위해 한국말을 배워서 글을 쓸 수야 없는 노릇이니 읽는 놈은 아무리 답답해도 이해를 해 줘야 한다. 이 책의 경우에는 주제나 콘셉트가 워낙 흥미로워서 금방 다 읽었다. 비유나 상징 같은 건 다 때려치우고 브레멘 음악대처럼 순수한 동물들의 이야기로 이해했을 때 더 재미있는 이야기다. 말하고 걷고 싸우고 생각하는 동물들이라니 단순히 상상만 해 보더라도 재미있지 않은가? 그런데 이 책을 다 읽고 한동안 돼지고기를 먹을 수 없었다. 나폴레옹이 불쌍해서는 아니고 그냥 집에 돈이 없었다.

『괴짜경제학』 사람은 자원이 한정될수록 그걸 효율적으로 쓰는 방안에 대해 더 깊이 골몰하게 된다. 이런 관점에서 보면 고등학생 때 경제학에 관심을 가지게 된 것은 당연하다. 물론 내 머리가 상식적 레벨 이상의 경제학을 이해하기에는 몹시 부족했던 탓에 관심을 가지게 되고나서도 얼마 못 가 접어 버리긴 했다. 당장 밥 처먹을 돈부터가 걱정인데, 파레토 최적이 뭐고 후생경제학 법칙이 뭔지 알게 뭐냐고. 그래도 이 책은 비교적 어려운 내용을 실제 사

례 중심으로 쉽게 풀어내서 재밌게 봤다. 선생님들은 내가 하라는 공부는 안 하고 수업 시간에 이런 이상한 책이나 보고 있다며 구박했지만. 시립 도서관에서 표지가 신기해서 빌렸던 이 책에서 가장 골 때리는 건 갱단과 매춘부들의 세계까지 경제학적으로 분석해 놨다는 점이다. 내심 깡패랑 매춘부는 인생 참 편하게 살 것 같다고 생각을 하고 있었는데, 뭘 하든지 잘 먹고 잘 살려면 존나 쉬운 게 없다는 걸 깨닫게 해 주는 책이었다. 이걸 읽고 나서 쓴 독후감으로 상장을 하나 받았다. 자랑이다.

『프로테스탄티즘 윤리와 자본주의 정신』 입학한 지 한 달이 넘도록 중앙 도서관에 발 한 번 안 들여 봤던 나는 사회학 교양 수업에서 독후감을 써내라는 과제 때문에 처음으로 책을 빌리러 갔다. 어디서 많이 들어본 책 이름이다 했더니 실제로 꽤 유명한 책이었다. 생각해 보니 고등학교 사회문화 선생님이 이 책 이야기를 한두어 번 했었던 것 같기도 하다. 도서관 자료실 컴퓨터로 검색해 보니 같은 이름의 책이 여덟 권이나 있었는데, 막상 찾으러 가니 다른 학생들이 몽땅 빌린 후라 흔적도 찾을 수 없었다. 아마 나랑 같은 수업 듣는 학생들이었겠지. 사람들 생각은 다 거기서 거기인 모양이다. 결국 가뜩이나 없는 통장 잔고에서 피눈물을 짜내듯 돈을 빼내 직접 책을 샀다. 문제집도 내가 풀기 싫은 건 산 적이 없었는데 딱히 읽을 생각도 없는 책을 돈 주고 산다는 건 몹시 기분이 나쁜 경험이었다. 내용 역시 유명하다는 것 치곤 재미있지도 않았다. 대충 훑고 독후감을 썼고, 교수는 이 책 내용으로 기습적인 쪽지 시험을 냈다. 그 교양 수업에서 C+를 받았다. 이 책은 한동안 고시원 책장 속에 처박혀 있다 분노 조절에 실패한 내게 잘못 걸려서 재활용 쓰레기로 전락했다. 그래도 책장에 꽂아 놨으면 장식 효과는 있었을 텐데. 그냥 쳐다보고 있으면 지적인 사람이 된 것 같은 기분도 들고. 조금 아쉬운 부분이다.

『1인분의 삶』 텔레비전 옆 책장에 뻔뻔하게 꽂힌 이 책은 다름 아닌 내가 쓴 책이다. 원고를 다 써서 넘긴 후 책이 나오더라도 내가 쓴 글을 다시 읽는 경우는 거의 없다. 내가 예전에 쓴 글들을 보면 화가 나기 때문이다. 아무에게도 보여 주지 않고 혼자서 쓰는 글의 경우에도 그런데 책으로 찍어서 많은 사람들에게 보여 주는 경우는 더 심각하다. 이 부분을 왜 이렇게 끝냈지. 다르게 썼으면 좋았을 걸. 이 문장 졸라 오그라드네. 내가 왜 이딴 말을 쓴 거지? 이게 과연 내가 쓴 글인가? 나는 이런 걸 쓰고 인세를 받아먹었던 말인가? 정신 건강상 내 책을 읽지 않는다. 가끔은 읽지 않고 장식으로만 놔두어 좋은 책들도 있다는 것을 이제는 안다. 문장 하나, 단어 하나까지 몽땅 씹어 먹어야 마음의 양식이 된다면 그냥 다른 양식을 찾는 게 나을지도 모른다. 책은 너무 가벼운데도 무겁다. 마냥 읽기만 하던 시절이 그립다면 거짓말이다. 이제 책이 완성된다.

작 가 의 말

벌써 네 번째 책이다. 첫 책을 쓸 때만 하더라도 책을 네 권이나 쓸 줄
은 몰랐는데, 원고를 다 쓰고 나서 이렇게 작가의 말을 쓰고 있다 보
면 스스로가 기특하게 느껴져서 치킨이라도 사주고 싶은 마음이다.
한편으로는 네 권씩이나 쓰다 보면 익숙해질 법도 한데 전혀 아니라
서 좀 당혹스러웠다. 매번 힘들고 매번 스트레스 받는다. 물론 다 쓰
고 나면 기분이 좋다. 힘든 건 과거의 나지 지금의 내가 아니다.

　원고를 다 끝내고 작가의 말을 쓴다는 건 관악산 풀코스를 토끼뜀
으로 등반한 다음 날 아침에 집앞 산보를 나가는 느낌과 비슷하다. 물
론 적당한 긴장감은 글에 끊임없는 자극과 동기를 불어넣지만, 가끔
머리가 텅 빈 상태로 지껄이는 것도 꽤 중독성 있다. 내가 살면서 느
꼈던 것들을 글로 쓰고, 글을 쓰며 느꼈던 소회들을 풀어낸다는 것.
어떻게 보면 글이라는 건 끊임없이 다음 글을 만들어가기에 멋진 일
일지 모른다.

　이 책은 원래 연작 소설로 계획되어 있었다. 내 블로그와 인스타그
램의 근황을 봤던 사람이라면 알고 있을지도 모르겠다. 그러나 원고
를 쓰던 중 재발한 우울증 때문에 두 달가량 원고 진행을 중단해야 했

는데, 간신히 책상 앞에 돌아온 후 지금 내가 과연 소설을 쓰는 게 맞는지 생각이 떠올랐다. 내가 부담감을 못 느끼는 사람인 줄 알았는데. 고등학생 시절 재미삼아 쓰던 소설을 돈 받고 파는 책에다 써서 낸다는 건 아주 실례인 것 같다는 생각이 들었다.

언젠가는 소설을 쓰겠지만(내가 쓰고 싶으니까) 그 시점이 지금은 아니라고 생각했다. 준비를 많이 한 다음 온전히 글에만 집중할 수 있는 환경에서 쓰고 싶었다. 그런데 이미 책 계약은 되어 있고, 더 이상 출판을 미루기도 힘든 상황이었다. 그러던 중 생각난 것이 몇 달 전 DC인사이드 '흙수저 갤러리'에 썼던 글이었다. 새로운 갤러리가 생겼다기에 아무 생각 없이 싸지른 글이었는데, 다음 날 일어나 보니 5만 번이 넘게 조회되고 페이스 북과 트위터에 공유가 되었다. 그걸 보고 단순히 내 과거와 현재에 대해 글을 쓰는 것도 썩 나쁘지 않겠다고 생각했다.

이 책을 쓰는 데 어려움이 전혀 없었다고 하면 거짓말이다. 지금까지의 삶에서 경험했던 최악의 기억들을 다시 꺼내 종이에 풀어내는 작업을 해야 했기 때문이다. 이전의 책인 『1인분의 삶』이 현재 상황에 대한 현재의 시선을 담았다고 한다면 이 책은 과거에 대한 현재의 시선을 담았다.

한편으로는 고질적인 매너리즘과 자기 복제적 글쓰기에서 벗어나 더 새로운 표현과 문장을 쓰기 위해 골몰했다. 내가 생각하는 나의 과거를 내 방식대로 쓰면서, 감성팔이나 무의미한 자수성가 스웩은 최대한 배제하고 싶었다. 근본적으로 멋이 없기도 하고 식상했다. 이제

와서 내가 이렇게 못살았네, 흙수저로 이렇게 고생했네, 이렇게 힘든 상황에서 노력으로 여기까지 왔네 같은 얘기들을 하는 건 큰 의미가 없다. 애초에 네 권씩이나 책을 쓰고, 수십만 명 앞에서 글을 쓴다는 게 내 노력과 재능으로 이루어진 것도 아니기 때문이다. 밥 굶는 청춘들 앞에서 거들먹거리며 고상한 채찍질을 하는 건 꼰대짓이다. 내게 온 행운을 그따위 말을 하는 데 낭비하고 싶지는 않았다.

이 책에서 명확한 결론을 찾지 말라고 하고 싶다. 어떤 독자들은 어떤 글에서든지 한 문장으로 정의할만한 결론을 찾으려 한다. 그러나 인생은 세 줄 요약이 불가능하다. 그저 담담하고 진실하게 보여주는 일만이 가능하다. 하나의 단어나 한 줄의 문장으로 정의될 수 있는 글이라면 이렇게 길게 쓸 필요도 없지 않은가. 이 책을 리뷰하는 사람들이 어려움을 겪길 바란다. 내 글을 짧게 표현할 단어를 찾지 못해 곤혹스럽길 바란다.

마지막으로 글을 짜낼 때까지 부처의 마음으로 기다려준 편집자님과 출판사 관계자 분들 모두에게 진심어린 감사의 말씀을 드린다. 엄청 식상한 마무리이긴 한데 해야 하는 말이라 어쩔 수 없다. 쓰다 보니 내 생각보다 작가의 말이 많이 길어졌다. 아직 할 말이 많이 남아 있지만 나머지는 책에 쓴 내용으로 갈음하겠다. 이 책을 읽는 모든 사람들이 행복하길 바란다.

김리뷰

개구리가 우물을 기억하는 법

1판 1쇄 발행 2016년 7월 14일
1판 1쇄 인쇄 2016년 7월 25일

지은이 김리뷰

발행인 양원석
편집장 김순미
책임편집 진송이
디자인 RHK 디자인연구소 남미현, 김미선
해외저작권 황지현
제작 문태일
영업마케팅 이영인, 양근모, 박민범, 이주형, 김민수, 장현기, 이선미

펴낸 곳 ㈜알에이치코리아
주소 서울시 금천구 가산디지털2로 53, 20층 (가산동, 한라시그마밸리)
편집문의 02-6443-8845   **구입문의** 02-6443-8838
홈페이지 http://rhk.co.kr
등록 2004년 1월 15일 제2-3726호

ⓒ 김리뷰, 2016

ISBN 978-89-255-5967-4 (03810)